U0137135

旧 華志文化

ㅐ 華志文化

天下對聯大全集

新編名聯經典輯錄

最新、最全面的實用對聯

千篇一律的賀喜輓聯 真摯的祝福顯躍而出

新聯新意傳真情 致輓賀喜不求人

世間豪對選厚味

天下名聯取精華

魏寧、路曉紅 主編

前言

　　對聯，作為獨特的漢語言文學樣式，其文化源遠流長，是由兩串字數相等、句式相同、平仄和諧、語意相關的漢字序列組成的獨立文體，多用來懸掛或黏貼在牆壁和楹柱上，表達人們的思想感情。

　　千百年來，一直是中國人進行語言學習和社會交往的重要形式之一。對聯有很多種，但從實用的角度講，紅白喜事對聯則使用面最廣，其依功能可分為春聯、婚聯、壽聯、輓聯、堂聯、名勝古蹟對聯等。

　　何謂紅白喜事？清‧錢泳《履園叢話‧雜話‧紅白盛事》：「蘇杭之間，每呼婚喪喜慶為紅白事，其來久矣。」看來紅白喜事不僅包括結婚、喪事，而且包括人生中值得喜慶的大事，如生日壽誕、喬遷新居、開業建房、金榜題名等人生中的關鍵事件。在民間，比較隆重而且每家必辦的慶典，主要指婚禮和葬禮這兩件人生最大的事，孩子、老人的生日及喬遷之喜等不一定每家都辦，而視家庭經濟條件等客觀條件及事主的個人性格等主觀條件而定。

　　本書是《寫好聯，過好年》的精華續作，如何將最精華、最實用、最有韻味的對聯呈現給廣大對聯愛好者，是我們編寫本書的初衷。務使不產生遺珠之憾，全面呈現對聯文化，本書將除了春聯、壽聯外其他常用類別的對聯全部含括其

中，對其進行了篩選。

　　在本書的編寫過程中，我們亦將除了紅白喜事中常用的一些文書知識進行了簡單介紹，如請柬的寫法，喜幛、輓幛的寫法，陪嫁禮單的寫法，花圈輓帶的寫法等，增強了本書的實用性。願本書的出版能夠對大家在紅白喜事活動中帶來些許的方便！

目錄

第六篇：其他慶典

第七篇：喪葬哀挽

天下對聯大全集

第一篇

婚嫁喜慶

一、結婚請柬的寫法

結婚請柬，即婚柬，是請柬（請帖）的一種。

請柬，是為邀請賓客而發出的書面通知，請柬在社會交際中被廣泛應用。一些公務活動，包括召開較隆重的會議需要發請柬；人們在結婚、祝壽、生育或舉行其他慶典活動時，為邀請親友赴宴或與會，也常常需要發請柬給被邀請者。

發請柬是為了表示對客人的尊敬，也表明邀請者的態度誠懇，在為婚禮定下基調和氛圍的同時，也使人們能保存請柬以備忘婚禮的時間、日期和地點，這對那些日程安排繁忙的人們來說請柬是十分必需的。另外，請柬的必要性還在於，有些人甚至將它當作婚禮的紀念品保存下來。所以請柬的款式和整體設計一定要美觀大方、典雅精緻，這樣才能使被邀請的人感到主人的熱情和誠意、喜悅和親切。

結婚請柬的顏色應與整個婚禮用品的顏色及婚禮的風格相配套。如果舉行的是海邊婚禮，可以在請柬上貼上一個小貝殼；如果是花園婚禮，可以在請柬上貼上一個經過特殊處理過的黏花喜帖；如果是傳統婚禮，可以在請柬的字體上作一些復古式改變，等等。當然，如果是普通婚禮，簡潔一點的做法就是選擇一些有紀念意義的明信片，也可以自己親自動手製作，既能體現自己的個性，還能充分表

達婚禮的主題，或者參考請柬的流行趨勢。市場上，請柬的款式多樣，但無論哪種款式都有橫排和直排兩種。

請柬的篇幅有限，書寫時應認真措詞，行文應達、雅兼備。達，即準確；雅，即講究文字的書寫和用詞。在實際書寫時，有的使用文言語句，顯得古樸典雅；有的選用較通俗的語句，則顯得親切熱情。不管使用哪種風格，都要莊重、明白，使人一看就懂，切忌語言的乏味和浮華。

正規的請柬多有一套固定的用辭格式。婚禮辦得越正式、越體面，結婚請柬就更應遵循正規的請柬套用模式。

請柬在寫法上的要求主要是：

1. 在請柬的封面或抬頭上印上或寫明「請柬」或「請帖」字樣。

2. 帖文中被邀請者的姓名或單位應在首行頂格書寫。有些請柬把被邀請者的姓名或單位設計在末行，也要頂格寫。被邀請者的姓名應寫全，不應寫綽號或別名，也不能用任何小名昵稱或姓名的縮寫。在兩個姓名之間應該寫上「暨」或「和」，不用頓號或逗號。

3. 寫明被邀請者參加活動的內容、時間、地點等。婚柬的時間還應寫明西曆及農曆的具體時間（幾月幾日）、星期幾，以及出席的具體時間，年份不需要出現在請帖上。

4. 結尾要寫「敬請光臨」、「致以敬禮」等，古代稱此為「具禮」。

5 落款應寫明邀請者的姓名或單位及發出邀請的時間。

6. 如果對客人有其他要求，還可以在請帖一角注明，比如貼上一小塊貝殼注明是海邊婚禮等，或在卡裡另附一頁加以說明。比如說是否要求客人「自備○○用以○○」之類的資訊。

婚束是專門邀請親友前來參加婚禮、婚宴的請束。一般可由新郎、新娘共同具名，也可分別具名，或由其家長具名。

婚束的內容較講究，文言色彩較濃，且需根據邀請者與被邀請者之間的不同關係，採用不同的語句。然而，隨著時代改變，現代的婚束其寫法多褪去文言色彩，變得很像一般的信函，如：

娶媳宴請客人婚束

○○兄：

　　謹訂於○○○○年○月○日幼男○○與○○○小姐在○○舉行結婚典禮，是日○時假座○○飯店敬備喜酌

　　恭請

光臨

　　　　　　　　　　　　　　　　　　○○○　敬約
　　　　　　　　　　　　　　　　　　○○○
　　　　　　　　　　　　　　　○○○○年○月○日

婚束的寫法較多採用直排，常根據邀請對象的不同選

用不同的格式和詞語，現列舉幾例：

為兒子完婚請柬

茲定於○月○日（星期○）上午○時，在本寓為小兒○○舉行婚禮，屆時敬請光臨。

恭請

○○○先生

○○○敬啟

娶兒媳請客婚柬

謹訂於○月○日○○○犬子○○○與○○○小姐　結婚

敬治喜酌恭候

光臨

婚禮處在○○大飯店○○時入席

○○○敬禮

嫁女請賀客

嫁女請客人全家

歸

叨蒙厚惠是日喜酌候

駕

依卜○月○日（星期○）為小女○○于

○○○

敬禮

茲定於○月○日為小女○○○與○○○先生　結婚

是日午刻喜酌敬請

閤第光臨

婚宴設在○○飯店

○○○

敬禮

年輕人結婚自己本人發出的婚柬，多採用橫排寫法，而且語句平易。如：

○○○先生：

　我們定於○○○○年○月○日中午○點在本市○○街○○大飯店舉行結婚儀式，並備喜宴招待

　　恭候

光臨

　　　　　　　　　　　　　　　　○○○敬請
　　　　　　　　　　　　　　　　○○○
　　　　　　　　　　　　　　○○○○年○月○日

　　有些婚柬需要對方答覆能否應邀，以便主人有所準備，則需在請柬上寫明回覆的要求。如：

　　大姑：
　　　　我定於○○○○年○月○日中午○點與○○○小姐在本市○○大飯店舉行婚禮。我們盼望你與姑夫能光臨，並參加喜宴
　　　　專此並頌
　　福安
　　　　敬請回覆

　　　　　　　　　　　　　　　　　　　　　　侄兒
　　　　　　　　　　　　　　　　　　　○○敬上
　　　　　　　　　　　　　　　　○○○○年○月○日

　　收到這樣的婚柬，被邀請者無論是否應邀都應予以回覆，尤其是邀請者特意要求答覆的應及時回覆。如：

　　○○：
　　　　請柬收到，十分感謝。○月○日中午○點，我們準時參加，以志賀儀
　　　　特此謹致
　　謝意

　　　　　　　　　　　　　　　　　　　○○○
　　　　　　　　　　　　　　　　○○○○年○月○日

如果被邀請者謝絕邀請，可這樣寫：

○○○先生
○○○女士：
　　承盛情邀請，非常感謝。但因疾病纏身，無法親臨
祝賀，深表歉意
　　謹此恭賀
新婚快樂！

　　　　　　　　　　　　　　　　　　○○○敬謝
　　　　　　　　　　　　　　○○○○年○月○日

　　時至今日，市面上流行印刷好的各種各樣的精美請柬。使用者只需按照要求書寫就行了。

　　隨著社會的發展，婚柬也在發生著變化。婚柬完全由新人自己設計：有些婚柬用特種紙張印刷；有些婚柬使用燙金或浮雕字；有些婚柬印有新婚夫婦的相片；有些婚柬黏貼有小飾物，如絲帶或亮晶晶的小東西，這類婚柬富於個性、美觀。

　　總之，無論使用商場購買的婚柬還是自己設計，都必須裁剪整齊、乾淨莊重，以示對客人的尊敬和對自己婚禮的重視。結婚請柬的數量應該根據新郎新娘的各自朋友名單和雙方親友名單來確定。

　　結婚請柬最晚應該在婚禮前一個月左右送寄出去。

﹝二、賀婚題詞與喜幛的寫法﹞

　　我國是禮儀之邦，當然十分重視禮尚往來。在民間，親朋好友結婚總是要贈送一些禮物的。有些人參加婚禮贈送禮金；有些人選擇贈送一些實物；有些人贈送喜聯、喜幛、鏡屏（或稱屏鏡）等；有些人贈送鮮花、花籃等；還有些人發去賀信、賀電、手機簡訊等。過去，還有贈送詩、詞慶賀的，但近年來已很少見到。

　　賀婚題詞是對新婚夫婦表示祝賀、希望的簡短語句，常寫在賀婚禮物上，也可以寫在彩帶、卡片或紙張上。

　　寫賀婚題詞時，首先寫受贈夫婦的姓名，再寫賀詞。賀詞可以使用散句，也可使用對句；既可自編，也可摘錄名人的格言或名句。最後，要寫上贈送者的姓名及贈送日期。

　　如：

○○○先生
○○○女士
　　　　　　　新婚誌禧
　　　　　　　　　　　　　○○○　敬賀
　　　　　　　○○○○年○月○日

21

（1）賀訂婚之喜祝詞

白首成約	許訂終身	終身之盟	盟結良緣	締結良緣
姻緣相配	喜締鴛鴦	鴛鴦璧合	誓約同心	金石同心
文定吉祥	文定厥祥	文定之喜	兩情相悅	緣訂三生
三生有幸	成家開始	文定吉祥		

（2）賀結婚之喜祝詞

白頭偕老	百年好合	佳偶天成	良緣天定	盟結良緣
美滿良緣	天作之合	天賜良緣	神仙眷屬	珠聯璧合
乾坤定奏	花好月圓	鴛鴦比翼	心心相印	相敬如賓
相親相愛	五世其昌	詩題紅葉	誓約同心	天生一對
笙磬同音	如鼓瑟琴	琴耽瑟好	才子佳人	兩情相悅
蘭菊庭芳	互敬互愛	攜手前進		

（3）賀嫁女之喜祝詞

適擇佳婿	妙選東床	雀屏妙選	跨鳳乘龍	淑女于歸
之子于歸	祥徵鳳律	鳳凰佳成	鳳卜歸昌	德言容工
四德兼備	蒂結同心	喜結良緣	志同道合	珠聯璧合
永浴愛河	愛心永恆	白首偕老		

（4）賀續弦之喜祝詞

朱弦欣續	其新孔嘉	畫屏再展	寶鏡重圓	鸞膠新續
琴瑟重調				

　　民間尚有一種贈送賀喜鏡屏的習俗。鏡屏多採用直排的寫法。由於鏡屏中多已有花鳥人物等圖案，所以一般不寫贈言。如：

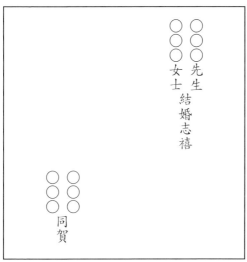

目前，贈送鏡屏已不多見。

喜幛是婚禮上常見的禮儀形式之一，這是一種古老而常用的禮儀。喜幛多用紅色綢緞布題字，為慶賀之禮。

送幛，既可祝賀喜事，也可哀慰喪事。幛是由匾額演變來的，因匾額笨重而價貴，遂改用「幛」來代替，即由在匾上題詞轉移到在布或綢子上題詞。幛根據紅白喜事的不同，分為賀結婚幛、賀新居幛、祝壽幛、輓幛等。

結婚喜幛上可以書寫題詞，單句、對聯都可以，橫排、直排都可以。應注意，喜幛語多為送禮用的辭句，含有吉利，無論慶賀、頌贊、誌念，所選幛語以妥貼為宜，絕不可用貶低的辭句。以四字多見，如「百年好合」（可參考上述「賀婚題詞」中的內容）；也可以用對聯。如：

23

賀姐夫娶孫媳

○府○○姐丈為太翁之喜

玉宇欣看金鶴舞
畫堂喜聽彩鸞鳴

內弟○○○攜弟○○侄○○率男○○○ 同賀
婿○○○

24

三、對聯的寫法與張貼

對聯是漢民族獨具特色的、將文學和書法相結合的一種綜合性藝術。

對聯起源於五代，興盛於明清，至今不衰。

對聯不僅可以增添氣氛，而且人們在閱讀一副好的對聯後既能得到藝術享受，在思想上又能得到啟迪、激勵和鞭策。對聯可以在紅白喜事上應用，也可以貼在商店、廟宇、亭臺樓閣、集貿市場等的大門、廳堂等處。

對聯由上下聯及橫批組成。

上下聯要求字數相等、節奏相同、平仄協調、對仗工整。

橫批，也叫橫披。是對聯上方居中的一條短幅。春聯常有橫批，專用聯可配可不配。橫批多由四字組成，要求和聯語內容相配合。

對聯的字體一般以楷書、隸書、行書為宜，廳堂、書齋等特殊場合可用行書、草書、篆書。

紅事、喜事對聯用紅紙書寫，白事用藍紙白字或白紙黃字、黑字。百歲以上老人的輓聯可用紅紙書寫。

對聯橫批橫寫，上下聯豎寫。

婚聯，又叫喜聯。是舉行婚禮時專用的對聯。一般在婚禮當天貼在院門、房門等處，有時也貼在嫁妝箱櫃上。

　　婚事對聯的書寫用紙為紅紙，字的顏色為金色或黑色。

　　對聯懸掛時應注意，無論貼在什麼位置，一律聯首（上聯）掛（貼）右邊，對尾（下聯）掛（貼）左邊，上方正中貼（掛）橫批。

　　婚聯一般應由撰寫者根據結婚者雙方的姓名、職業、身分、地位、家庭情況、興趣愛好，以及結婚的時間、地點、氣氛等臨時擬寫。

　　內容大多是祝願新人婚姻美滿、白頭偕老，或宣傳婚姻自主、婚事新辦、男女平等、家庭和睦、順生優生，或表達新人共展宏圖、齊創大業的決心。

四、婚聯常見詞語解釋

【洞房】指新婚夫妻的房間。原指深邃的內室，含有神祕之意。後來才用來稱新婚夫婦住的臥室，並用「洞房花燭夜」來形容新婚之夜的喜慶氣氛。

【比翼鳥】比翼，翅膀挨著翅膀（飛）。比翼鳥，傳說中的一種鳥，雌雄總在一起飛，形影不離。人們根據此鳥的習性，用牠來比喻恩愛夫妻。男女雙方（已婚的或未婚的），也常常用牠來表達互相愛戀之情。例：在天願做比翼鳥，在地願為連理枝。

【婚嫁】泛指男女婚事。

【婚配】結婚（多就已婚未婚說）。

【婚事】有關結婚的事。

【紅娘】紅娘，即媒人。在《西廂記》中，紅娘是崔鶯鶯的婢女，她勇敢促成張生和鶯鶯的結合。後來，民間就把「紅娘」作為熱心促成別人美滿婚姻的代稱。

【月老】月老又稱月下老或月下老人，是民間傳說中專司人間婚姻的神。傳說唐朝韋固月夜裡經過宋城，遇見一個老人坐在月下翻看書本。韋固往前窺視，一個字也不認得，向老人詢問後，才知道老人是專管人間婚姻的神仙，翻檢的書是姻緣簿。韋固問：「你袋子裡的紅繩是幹什麼用的？」老人說：「把這個繩子繫在男女的腳上，不管他們

相距多遠，即使千萬里之遙，也能成為夫妻。」（這就是「千里姻緣一線牽」說法的來歷）後來，人們將媒人也稱作月下老人。也說月下老兒或月老。

【于歸、有室、廟見】女嫁曰于歸，男婚曰有室。新婦初進門謁拜祖先曰廟見。

【宴爾（燕爾）】宴爾，即安逸、安樂、親睦和美的樣子。現指新婚。《詩經‧邶風‧谷風》：「宴爾新婚，如兄如弟。」原指夫婦失道，棄舊再娶。後反用其意，成為對新婚者的賀詞。宴爾，也作燕爾。元‧關漢卿《裴度還帶》四折：「狀元下馬就親，洞房花燭，燕爾新婚。」《西遊記》六十回：「大王，燕爾新婚，千萬莫忘結髮，且吃一杯鄉中之水。」也作「新婚燕爾」，王實甫《西廂記》二本二折：「聘財斷不爭，婚姻自有成，新婚燕爾安排定。」

【掌上明珠】亦稱掌上珠、掌中珠、掌珠。比喻極受父母寵愛的兒女，也比喻為人所珍愛的物品。多用為愛女之稱，《牡丹亭‧訓女》：「嬌養他掌上明珠」，即此意。

【詩題紅葉、種玉之緣】楓樹、黃櫨、槭樹等的葉子秋天變成紅色，叫紅葉。傳說唐朝于佑在京城大街上散步，看到皇宮外的御溝內流出一片紅葉，上面寫有一首詩，於是就拾起收好，又撿起一片紅葉，也寫上詩，放在御溝的上游，使這片紅葉流入宮內。流進宮內的這片紅葉被韓夫人拾到了。後來宮廷出放宮女，下嫁民間，韓夫人恰巧嫁給于佑，偶然提起紅葉之事，方知御溝內流出之紅葉，正是

韓夫人所題之詩，兩人稱奇，共謝天意。又《搜神記》上記載說，洛陽有一個叫楊雍伯的人經常施捨義漿給行路的人解渴。後來碰到一個人，交給雍伯一斗石子，並且告訴他說，只要把石子種在地裡，便可以得到寶玉和漂亮的媳婦。雍伯聽了他的話就把石子種在田裡了。右北平徐家有個女兒，長得十分漂亮，雍伯很想娶她為妻，可是徐家要求用一對白璧作為聘禮。雍伯就在種石子的地方挖，果真挖出了五對白璧，最後雍伯就娶了徐家的女兒為妻。詩題紅葉、種玉之緣，都是指良緣。

【秦晉之好】指春秋秦、晉兩國的國君好幾代都是互相婚嫁，後泛指兩姓聯姻為秦晉之好。亦作「秦晉之匹」「秦晉之偶」「秦晉之盟」「秦晉之約」。

【雀屏中選】傳說唐高祖的皇后竇氏，其父因她有奇相，不肯輕易許配人家，於是就在屏風上畫了兩隻孔雀，凡是求婚的人，必須射此孔雀，約定能射中孔雀眼睛的人才能娶到他的女兒。數十個求婚的人都射不中，結果高祖射中了，故而竇氏就歸了他。俗稱「雀屏中選」。

【坦腹東床、東床快婿】坦：裸露。指做女婿，也指女婿。南朝‧宋‧劉義慶《世說新語‧雅量》上記載說：「郗太傅在京口，遣門生與王丞相書，求女婿。丞相語郗信：『君往東廂，任意選之。』門生歸，白郗曰：『王家諸郎，亦皆可嘉，聞來覓婿，咸自矜持，唯有一郎在東床上，坦腹臥，如不聞。』郗公曰：『正此好。』訪之，乃是逸少（王羲之），

因嫁女與焉。」後來就用「坦腹東床」稱女婿，也作東床快婿。

【舉案齊眉】《後漢書·梁鴻傳》記述，漢代梁鴻的妻子給他送飯時，總是把端飯的盤子舉得跟眉毛一樣高。後形容夫妻互相尊敬。《後漢書·梁鴻傳》：「為人賃舂，每歸，妻為具食，不敢於鴻前仰視，舉案齊眉。」

【結縭】亦作結帨，古代女子出嫁，母親把帨結在女兒身上，申戒至男家後須盡力家務，如《詩經·幽風·東山》：「親結其縭。」後來用為結婚的代稱。

【連理】連理，不同根的草木枝幹連生在一起，古人認為是吉祥的徵兆，比喻恩愛夫妻。

【連理枝】連理枝，枝幹合生在一處的兩棵樹，多比喻恩愛夫妻。

【並蒂蓮】並排地長在同一個莖上的兩朵蓮花，文學作品中常用來比喻恩愛夫妻。

【泰山、泰水、列岳】妻父稱泰山，妻母稱泰水，妻之伯叔為列岳。

【蘭言、蘭章】《易·繫辭上》：「同心之言，其臭如蘭。」後人因此以蘭言比喻心意相投的言論。蘭章比喻美好的文辭，如韋應物的詩：「蘭章忽有贈，持用慰所思。」

【蘭室、蘭房、蘭閨】均是女子居室的美稱。宋玉《諷賦》：「女欲置臣，堂上太高，堂下太卑，乃更於蘭房之室，止臣其中。」劉珊《侯司空宅詠妓》詩：「妝罷出蘭閨。」

均指此意。

【蘭玉、蘭石、蘭質】蘭玉是「芝蘭玉樹」的略語，對別人風度的美稱。如陳造《賀二百登科》詩：「謝家蘭玉真門戶，蘇氏文章亦弟兄。」蘭石、蘭質指蘭芳石堅，喻天生美質，如《論衡·本性》：「稟蘭石之性，故有堅香之驗。」王勃《七夕賦》：「金聲玉韻，蕙心蘭質。」

【花燭】在婚禮儀式中使用大紅色的成對蠟燭，點燃於廳堂及洞房之內。因其上多有金銀龍彩飾，故稱為「花燭」。

【合巹】進入洞房後，新郎、新娘共鼎而食，再將一瓠瓜剖為兩半，夫婦各執其一，斟酒而飲，謂之「合巹」。合巹（ㄐㄧㄣˇ），即現在所謂的交杯酒、合歡酒、合婚酒。交杯酒的儀式現在已經不再在洞房舉行了，而是在婚禮現場舉行。交杯酒，即將兩個酒杯斟滿酒，新郎新娘各取一杯，手臂交錯同時飲盡杯中酒。夫妻二人喝過這杯酒後就表示二人完婚，有祝福新人合美的意義。方式是用紅繩繫住兩隻杯子的杯柄，夫婦一起舉杯共飲，有的則是同時喝掉一半，然後交換杯子，喝盡杯中酒。

【結髮】結髮，也稱合髻。即將新婚夫妻的頭髮象徵性地結紮一下，後來也有新郎新娘分別剪一縷頭髮用彩線紮在一起作信物的。

【回門】又稱歸寧。指婚後第二天（有的第三天，還有的地方當天回門，各地風俗不一），新娘要偕同新郎，

帶著禮品，回娘家串門兒，俗稱「回門」。回門時居住天數不限。女方家往往在女兒女婿「省親回門」期間宴請賓朋、大擺宴席。

【青鸞】古代傳說中鳳凰一類的神鳥。赤色多者為鳳，青色多者為鸞。多為神仙坐騎。一說即青鳥，借指傳送訊息的使者。宋·趙令時《蝶戀花》詞：「廢寢忘餐思想徧。賴有青鸞，不必憑魚雁。」清·納蘭性德《月上海棠·中元塞外》詞：「青鸞杳，碧天雲海音絕。」亦作「青鑾」。鑾鈴。天子之車衡上有鸞，鸞口銜鈴，故以「青鑾」借指天子車駕。南朝齊武帝《耕藉詔》：「鳴青鸞於東郊，冕朱紘而蒞事。」南朝·梁·江淹《倡婦自悲賦》：「侍青鑾以雲聳，夾丹輦以霞飛。」指女子。唐·王昌齡《蕭駙馬宅花燭》詩：「青鸞飛入合歡宮，紫鳳銜花出禁中。」宋·柳永《木蘭花》詞：「坐中年少暗消魂，爭問青鸞家遠近。」明·楊珽《龍膏記·錯媾》：「偷看，分明舊識青鸞，卻做雙棲新燕。」清·吳騫《扶風傳信錄》：「二十八日生歸，見唯空室，悵悢若失，乃為詩曰：『靈瑣知何處，青鸞杳不回。』」代指愛情。

【伉儷】伉，對等、匹敵之意。如《穀梁傳》：「使世子伉諸侯之禮而來朝。」儷，結緣、配偶之意。如《左傳·成公十一年》：「已不能庇其伉儷而亡之。」孔穎達對伉儷有解釋：「伉儷者，言是相敵之匹耦（偶）。」後來稱事業上有成就可相匹敵的夫婦為「伉儷」，現也稱一般夫婦為「伉儷」。

【琴瑟】比喻夫妻感情和睦。《詩·周南·關雎》：「窈窕淑女，琴瑟友之。」《詩·小雅·常棣》：「妻子好合，如鼓琴瑟。」

【梔縮同心結】梔，音（ㄓ），即指梔子花，它在春夏之際開出潔白的花。縮，音（ㄨㄢˇ），意為繫或結，「同心結」，原意指用錦帶打成菱形的結子，用作男女相愛的象徵。「梔縮同心結」是說男女雙方的愛情已經瓜熟蒂落，今日結婚表明男女之愛結出了成功之果。

五、婚聯精選

1. 通用新婚聯

志同道合	花好月圓	荷開並蒂	勺結雙花
鳳麟起舞	奎璧聯輝	夫妻恩愛	家庭祥和

投情合意	攜手同心	白頭偕老	同道永春
行文明禮	結自由婚	花好月圓	雲燦星輝

天長地久	花好月圓	雲開五彩	戶拱三星
天成佳偶	金玉良緣	乾坤交泰	琴瑟和諧

花開並蒂	緣結同心	永偕伉儷	久締良緣
禮求平等	婚尚自由	鴛鴦對舞	鸞鳳和鳴

門迎淑女	戶接嘉賓	鳳凰鳴矣	琴瑟友之
詩題紅葉	彩耀青鸞	珠聯璧合	鳳翥鸞翔

芝蘭千茂	鸞鳳百鳴	百年好合	五世其昌
藍田種玉	紅葉題詩	月明金屋	香噴玉屏

雁鳴旭旦	鳳喊朝陽	射屏得偶	種玉有緣
鴛鴦比翼	龍鳳呈祥		

紅蓮開並蒂	彩鳳樂雙飛	玉堂雙璧合	寶樹萬枝榮
錦瑟調鴻案	香詞譜鳳台	喜望紅梅開	樂迎新人來

玉堂歌燕喜	金屋囀鶯嬌	藍田曾種玉	紅葉自題詩
締美好姻緣	創幸福生活	春風琴瑟韻	旭日芝蘭香

鳳凰鳴瑞世　琴瑟譜新聲　梔綰同心結　蓮開並蒂花
琴瑟春常潤　人天月共圓　綠竹恩愛意　紅梅賀新人

雀屏欣中目　鴻案舉齊眉　彩筆題鸚鵡　焦桐引鳳凰
笙簫奏鳳凰　鼓樂迎嘉賓　香掩芙蓉帳　燭輝錦繡幃

祥雲輝繡輦　瑞氣靄華堂　梅帳同甘夢　蘭房送異香
赤繩曾繫足　紅葉昔題詩　祥雲繞屋宇　喜氣盈門庭

旭日芝蘭香　春風琴瑟和　香車迎淑女　美酒賀新郎
百年琴瑟好　千載鳳麟祥　齊種愛情樹　同當幸福人

結成平等果　開出自由花　燭照香車入　花迎寶扇開
雲戀妝台曉　花迎寶扇開　菊垂金作客　梅點玉為容

歡歌隨鳳舞　笑語伴龍騰　良辰添吉慶　嘉禮占文明
奇緣偕鳳配　雄夢葉熊占　建文明社會　結美滿婚姻

春融花並蒂　日暖樹交柯　百年歌好合　兩美結良緣
紅梅思愛意　綠竹賀新人　鳥入同行侶　花開連理枝

蓮花開並蒂　蘭帶結同心　金風吹靜夜　明月照新房
琴瑟春常潤　人天月共圓　四季花長好　百年月永圓

喜望紅梅放　樂迎新人來　楊柳含春意　天涯有知音
並蒂花最美　同心情更真　魚水千年合　芝蘭百世榮

堂開蓬萊景　人醉武陵春　吹簫堪引鳳　攀貴喜乘龍
攝成雙璧影　締結百年歡　芝蘭茂千栽　琴瑟樂百年

三星喜在戶　五世歌好合　花好月為圓　琴和瑟亦靜
禮堂新獻頌　妝閣合催詩　當門花並蒂　迎戶樹交柯

旭日輝仁里　祥雲護德門　錦瑟調鴻業　香詞譜鳳台
志於雲上得

喜迎親朋貴客　欣接伉儷佳人
檻外紅梅競放　簷前紫燕雙飛

並蒂花開四季　比翼鳥伴百年
志同道合創業　情長誼深成家

良日良辰良偶　佳男佳女佳緣
同德同心同志　知寒知暖知音

何必門當戶對　但求道合志同
佳偶百年欣遇　知音千里相逢

喜共花容月色　何分秋夜春宵

戀愛自由無三角　人生幸福有幾何
攜手同澆理想樹　並肩共賞幸福花

二姓聯盟成大禮　百年偕老樂長春
攜手栽培長青樹　精心澆灌愛情花

瑤池曉日翔青鳥　月殿紅雲擁紫鸞
碧岸雨收鶯語柳　藍田日暖玉生煙

喜鵲報喜舉家喜　新風更新滿門新
鸞鳳和鳴昌百世　麒麟獻瑞慶千祥

寶馬送來天上客　香車送出月中人
丹桂香飄雲路近　玉簫聲繞鏡臺高

九畹蘭香花並蒂　千樹梧碧鳳雙棲

小梅香皇黃鶯轉　　玉樹陰中紫鳳來
梧桐枝上棲雙鳳　　菡萏花中立並鴛

山青水碧風光美　　酒綠燈紅喜氣多
萬里雲天看比翼　　百年事業結同心

採蓮君子新求偶　　雪潔佳人舊有才
花徑不曾緣客掃　　蓬門今始為君開

瓊樓月耀人如玉　　繡閣花香酒似蘭
黃花豔吐東籬月　　丹桂香飄北國詩

新筆曾題紅葉句　　華堂欣詠友琴章
畫屏射雀成雙璧　　桂樹鳴鶯慶百年

紫簫吹玉翔丹鳳　　翠袖臨風舞彩鸞
玉樹風前誇並倚　　繡幃月裡看雙飛

對對蓮開映碧水　　雙雙蝶舞乘東風
吉人吉時傳吉語　　新人新歲結新婚

同心譜成幸福歌　　並蒂開放向陽花
玉堂錦馬三學士　　清風明月二仙人

友情培植常青樹　　恩愛催開幸福花
互敬互愛春永駐　　同心同德樂無窮

齊眉紀念金剛石　　比翼僑棲玳瑁樑
雲抱玉林芝草茁　　香飄金屋篆煙清

雲路高翔比翼鳥　　龍池滌種並頭蓮
紫雲秀繞芙蓉第　　玉樹花飛玳瑁樑

瑤池春曉來青鳥　月殿飛紅奉紫鸞
五夜芝蘭徐入夢　百年瓜瓞漸開祥

詩歌四喜其三句　樂奏周南第一章
瑤琴一曲雙聲奏　月殿三秋五桂香

海闊天空雙比翼　月圓花好兩知心
家庭和睦歌聲溢　琴瑟相偕樂事多

銀鏡臺前人似玉　金鸞堂中語如花
情歌喚醒水中月　喜酒潤開庭前花

映日紅蓮開並蒂　同心伴侶喜雙飛
詩留紅葉同心句　酒飲黃花合巹杯

偕老喜調琴瑟韻　其昌早卜鳳凰飛
午夜雞鳴欣起舞　百年舉案喜齊眉

今日結成幸福侶　畢生描繪錦繡圖
今日結成並蒂蓮　明朝共栽幸福花

為祖國添磚添瓦　給家庭增喜增光
文揮錦繡珠垂璧　粉傅蘭胸雲壓梅

鳳管久諧蕭史配　梅花已點壽陽妝
笑擁梅花迎翠步　題留紅葉動仙娥

繡閣團圓同望月　香閨靜好對彈琴
愛情紅花開四季　姻緣美果甜百年

五色雲臨門似彩　七香車碾韻如琴
滄海月明珠獻彩　藍田日暖玉生香

梅樓翡翠開交語　鏡水鴛鴦暖共遊
不須玉杵千年聘　已有紅繩兩頭連

雙飛黃鸝鳴翠柳　並蒂紅蓮映碧波
愛情堅貞花正好　意氣相投月常圓

愛情因事業增美　青春靠知識閃光
愛情憑忠誠美好　力量靠理想發光

共建國家驚天業　同譜山河動地詩
百歲夫妻常合好　千秋伴侶永和諧

百年佳偶今朝合　萬載良緣此日成
百年恩愛雙心結　千里姻緣一線牽

金雞昂首祝婚禮　喜鵲登梅報佳音
宜國宜家新婦女　能文能武好男兒

春風引來比翼鳥　紅雨澆開並蒂蓮
相親相愛新伴侶　互幫互學好夫妻

舉案齊眉示互敬　既婚仍友自相親
向曉紅蓮並蒂開　朝陽彩鳳比翼飛

愛長長得長長愛　情深深知深深情
南國春風睢鳥詠　晴樓明月鳳凰飛

秋鏡滿輪儀鳳侶　曉窗聽鼓錦雞鳴
雪滿山中高士臥　月明林下美人來

金鵬舉翼凌雲上　彩鳳含情展翅隨
一世良緣歌大喜　百年好合結新婚

春窗巧繡鴛鴦譜　　夜月香斟琥珀杯
畫眉喜有臨川筆　　舉案欲看德耀妝

三徑就荒菊綻蕊　　一堂大喜雁傳書
新結同心香未落　　長守山盟情永鮮

君子攸宵於此日　　佳人作合自天緣
淨掃蓬門迎上客　　鼓樂琴瑟接佳人

紫燕雙飛珠簾卷　　流鶯對唱翠幕懸
黃鶯高唱滿門樂　　喜鵲聲報闔家歡

歡慶此日成佳偶　　且喜今朝結良緣
庭前日暖青芝秀　　戶外風和彩鳳飛

喜結鴛盟永共愛　　壯懷鵬志共雙飛
夫妻恩愛百歲樂　　男女平等四季春

互敬互愛好伴侶　　同德同心美姻緣
緣結同心春酒綠　　花開並蒂蠟燈紅

燕投畫閣祥雲瑞　　鶯囀香簾喜氣濃
蘭浥瑤階花並蒂　　光耀華屋戶三星

鳳凰雙棲桃花岸　　鶯燕對舞豔陽春
柳色映眉妝鏡曉　　桃花點面洞房春

十里好花迎淑女　　一庭芳草長宜男
一世光陰今過半　　百年伉儷喜成雙

十雨五風隆化育　　五光十色映紅妝
畫眉筆帶凌雲氣　　種玉人懷詠雪才

杯交玉液飛鸚鵡　　樂奏瑤笙引鳳凰
詩禮庭前歌窈窕　　鴛鴦筆下展經綸

金屋春濃花馥郁　　瓊樓夜永月團圓
和睦門庭風光好　　恩愛夫妻幸福長

兩情雨水春為伴　　百脈愛絲誼永聯
樂意雙關禽對語　　生香不斷樹交枝

天結良緣綿百世　　鳳成佳偶肇三多
吹笙簧百年偕老　　鼓琴瑟五世其昌

彩筆喜題紅葉句　　華堂欣誦愛情詩
鸞鳳和鳴昌百世　　麒麟瑞葉慶千齡

堂前奏笛迎賓客　　戶外吹笙引鳳凰
鳳凰枝上花如錦　　松菊堂中人並年

芙蓉鏡映花含笑　　玳瑁宴開酒合歡
文窗繡戶垂簾幕　　銀燭金杯映翠眉

琴瑟調和多樂事　　家庭團聚溢歡心
美酒佳餚逢喜日　　銀箏玉管迎新人

且看淑女成佳婦　　從此奇男已丈夫
秦晉姻緣春意鬧　　鳳鸞伴侶彩虹飛

鶯燕雙棲芳草地　　鳳鸞對舞豔陽天
誼如汩汩長流水　　情似蒼蒼不老松

紅梅並蒂相映美　　矯燕雙飛試比高
鸞妝並倚人如玉　　燕婉同歌韻似琴

41

鳳凰麒麟在郊藪　　珊瑚玉樹交柯枝
花開連理描新樣　　酒飲交杯醉太平

彩燭雙輝歡合卺　　清歌一曲詠宜家
情歌唱樂水中月　　喜酒催開庭前花

容貌心靈雙俊美　　才華事業兩風流
一對鴛鴦成好夢　　五更鸞鳳換新聲

雙玉初諧琴瑟調　　五花新授鳳鸞封
瓊樓月皎人如玉　　繡閣花香酒似蘭

鴻雁賀喜銜霜葉　　秋風迎親帶桂香
關雎笑述好逑句　　渭濱喜傳佳偶風

長天歡翔比翼鳥　　大地喜結連理枝
百子帳開留半臂　　千絲縷細結同心

紅花並蒂相偕美　　紫燕雙飛試比高
共結絲蘿山海固　　永偕琴瑟地天長

巧偕花容添月色　　欣為秋鵲架銀橋
日麗雲和蓮並蒂　　龍飛鳳舞樹交柯

出水芙蓉開並蒂　　朝陽彩鳳喜雙飛
展翅相期凌雲志　　引吭高唱海盟詩

兩朵紅花爭豔麗　　一對鴛鴦比翼飛
兩情魚水春作伴　　百年恩愛花常紅

迎東風雙燕飛舞　　向旭日並蒂花開
青絲共少最親熱　　白頭偕老更恩愛

蝶戀花蜜花戀蝶　　魚傍水流水傍魚
百事開懷百事詠　　兩心相重兩心知

情書曾憑紅葉寄　　洞房全仗黃花飾
鸞鳳雙棲桃花岸　　鶯燕對舞豔陽天

鸞鳳和鳴昌百世　　鴛鴦合好慶三春
鸞鳳和鳴昌百世　　麒麟瑞葉慶千齡

堂上畫屏開孔雀　　閨中繡幕隱芙蓉
雙飛卻似關雎鳥　　並蒂常開連理枝

親密勝似鴛鴦鳥　　同心賽過比目魚
琴瑟和諧家庭樂　　婚姻自主幸福多

聯翩丹鳳舒新翼　　並蒂紅花攀高枝
金屋光輝花並蒂　　玉樓春暖月初圓

連理枝頭騰鳳羽　　合歡宴上對鴛杯
筆墨今宵光更豔　　梨花帶雨晚尤香

銀漢雙星歡七巧　　春宵一刻值千金
松梅高傲堅貞愛　　霜雪難欺金玉緣

堂棲彩燕雙星耀　　嶺放紅梅萬象新
志向遠大雙飛燕　　花香豔麗並蒂蓮

志同道合青春美　　地久天長幸福多
赤誠招來飛鴻落　　深情激得玉石開

花好月圓欣喜日　　桃紅柳綠幸福時
花深處鴛鴦並立　　稀枝間鳳凰共棲

海闊天空雙比翼　志同道合兩知音
合歡花花花歡合　雙飛燕燕燕雙飛

堂前紫燕鳴春暖　窗外紅梅鬥雪開
描花四季花常好　繪月千年月永圓

入戶春風月圓夜　盈門喜氣花好時
翠宇紅樓相約處　高朋雅客共賀時

柳絲喜發千枝綠　桃蕾欣開並蒂紅
同跨駿馬馳千里　共栽梅花香百年

並蒂花開致富路　連心果結文明家
夫妻協力山成玉　婆媳同心土變金

愛情花常開不謝　幸福泉源遠流長
愛貌愛才尤愛志　知人知面更知心

日麗風和桃李笑　珠聯璧合鳳凰飛
碰杯邀客開宏量　舉箸宴賓表至誠

友誼培植常青樹　恩愛催開幸福花
鴛鴦相戲水色美　琴瑟偕彈福音多

紫燕比翼喜結伴　紅花並蒂笑聯姻
婚姻自主恩愛重　家庭和睦幸福多

和睦家庭春光好　恩愛夫妻幸福多
雪案聯吟詩有味　冬窗伴讀筆生香

桂圓花好兼良夜　雲蒸霞蔚襯新妝
名駒逸足騰千里　彩鳳徽音葉二南

行為心靈雙美好　才華事業兩風流
一嶺桃花紅錦繡　萬盞銀燈引玉人

一對璧人留小影　無雙國士締良緣
比飛卻似關雎鳥　並蒂常開連理枝

此去夫家長協作　莫忘母氏久劬勞

豔福增添喜成佳偶　新詞讚美歡洽來賓
愛情純真月圓花好　目標遠大地久天長

愛雅年年年年雅愛　情深歲歲歲歲深情
日麗風和門庭有喜　琴耽瑟好金玉其相

喜氣繞樑樑待春燕　金光滿屋屋迎新人
新婚新偶新人如意　佳景佳期佳月稱心

花燭光中山盟海誓　青春路上道合志同
春日融融紅梅朵朵　花香陣陣彩蝶雙雙

秋水銀堂鴛鴦比翼　天風玉宇鸞鳳和聲
山水怡情福門望重　鳳凰娛目鴻案輝生

彩集鳳毛慶衍麟趾　瑞凝芝草祥發桐枝
自由戀愛雙方如意　民主持家百事稱心

紅葉題詩藍田種玉　黃花醉酒黛筆畫眉
花好月圓姻緣美滿　天長地久幸福延綿

日月知心紅花並蒂　春風得意金屋生輝
才子凌雲佳人詠雪　榴花映日蒲葉搖風

燕舞鶯歌雲開五色　蘭馨芝秀志在九洲

銀漢三星人間巧結　　藍田雙璧天上佳期
鸞鳳和鳴瓊花並蒂　　螽麟瑞葉玉樹連枝

好鳥雙棲嘉魚比目　　仙葩並蒂瑞木交柯
紅花並蒂向陽開放　　銀燕比翼凌空飛翔

簫徹玉樓聲如鳳侶　　花盈金屋香滿蟾宮
日麗風和門庭有喜　　月圓花好家室咸宜

紅梅含笑喜成連理　　綠柳吐芳永結同心
兩門多喜兩家多福　　一對新人一代新風

風暖丹椒青鳥對舞　　日融翠柏寶鏡初開
同心同德美滿夫妻　　克勤克儉幸福家庭

丹桂香飄姻緣兩姓　　蟾宮月滿喜照東床
鳳吉諧占熊祥入夢　　芝泥發彩蘭蕊浮香

戒懷雞鳴明星有燦　　祥徵鳳卜華燭增輝
白首齊眉鴛鴦比翼　　青陽啟瑞桃李同心

繡閣燈明鴛鴦並立　　妝台燭立翡翠同棲
鳳凰鳴矣梧桐生矣　　鐘鼓樂之琴瑟友之

芝秀蘭馨滋雨露　　鴻儀鳳彩高煥雲宵
比翼鳥永棲長青樹　　並蒂花久開勤儉家

迨其吉分轂我士女　　式相好矣宜爾室家
男歡女愛鴛鴦戲水　　情投意合鸞鳳朝陽

牡丹叢中蝴蝶雙舞　　荷花塘內鴛鴦對歌
宜室宜家勤儉為本　　互助互愛勞動爭先

鴻案相莊百年偕老　鳳占葉吉五世其昌

夫婿情長如幾何直線　子孫繁衍似小數循環
交頸鴛鴦並蒂花下立　協翅紫燕連理枝頭飛

新蓮沐朝陽並蒂競綻　乳燕乘東風比翼齊飛
不願似鴛鴦嬉戲淺水　有志像海燕搏擊長風

結兩世姻緣山盟海誓　祝百年伉儷地久天長
綠葉襯紅花花繁葉茂　情歌譜新曲曲美歌甜

婚聯兩姓結百年佳偶　志奮九州當四有新人
良冶良弓喜箕裘克紹　宜家宜室欣琴瑟新調

白璧種藍田千年合好　紅絲牽繡緯百載良緣
結一世姻緣山盟海誓　祝百年伉儷地久天長

愛情並蒂花開開不敗　伴侶常偕心樂樂無窮
貼心伴侶共創千秋業　恩愛夫妻同育一枝花

紅梅有信似心靈美好　白雪無塵如愛情純真
志同道合男女諧靜好　花俏月圓夫妻恩愛長

縷結同心日麗屏間孔雀　蓮開並蒂影搖池上鴛鴦
終身伴侶何必門當戶對　一世姻緣只求道合志同

男尊女女尊男男女平等　夫敬婦婦敬夫夫婦相親
新社會新人物新婚大喜　好勞動好光景好合百年

新婚新偶新人人人如意　佳期佳景佳時時時稱心
縷結同心日麗屏間孔雀　蓮開並蒂影搖池上鴛鴦

願天下有情人都成眷屬　作人間才子婦也算神仙

蟾影浮光皓月交明花燭　龍驤應律祥雲直逼星橋
配佳偶兩片赤誠行大禮　結良緣百年美滿樂長春

小倆口描圖繪景心相印　好夫妻播春收秋汗共流
新婚新偶新人人人如意　佳麗佳期佳景景景稱心

綠竹紅梅梅蕊初開君子伴　仙娥素月月光喜照美人來
儉樸聯姻幸福花開千朵艷　勤勞致富光榮榜列萬家紅

無物可陪三江四水隨身帶　有言相贈百好一勤致力行
舉酒賀新婚人共河山並壽　縱情歌盛世春臨大地多嬌

吉日良辰欣逢盛世迎佳婿　英男淑女喜結新婚共此生
相愛相親家和人壽吉星照　同心同德水秀山青喜事連

賜福賜祥結成佳偶今如願　圖強圖奮珍惜春光大有為
鶴舞樓中玉笛琴弦迎淑女　鳳翔臺上金簫鼓瑟賀新郎

你敬我愛你我好比鴛鴦鳥　情投意合情意恰似連理枝
相敬如賓好好和和四季樂　鍾情似海恩恩愛愛百年長

好伴侶相愛相讓相勉相諒　新青年互敬互信互助互學
相敬如嘉賓莫道婦隨夫唱　情深若戰友休言男尊女卑

銀河雙星石爛海枯同心結　人間伴侶天高地闊比翼飛
日麗風和兩朵紅花開並蒂　花好月圓一對伴侶結同心

鸞鳳諧鳴萬里雲天看比翼　夫妻恩愛百年事業結同心
夫妻情長蒼松翠柏潤春色　征途路遠玉樹瓊姿綻新蕾

大地香飄蜂忙蝶戲相為伴　人間春到鶯歌燕舞總成雙
志同道合同德同心花吐艷　日新月異新人新事桂生香

成才創業志趣相投同地久　報國興家風華互映共天長
蝶戀花花喜蝶花蝶常作伴　夫敬妻妻愛夫夫妻永相親

相愛百年嫁女嫁男都可意　只生一個弄璋弄瓦總舒心
吉日良辰欣相逢佳期迎婿　善男信女喜結緣時尚報春

鴛鴦愛碧水暢遊同歌乾坤暖
翡翠喜藍天高飛共用日月光

鳳輦護卿雲今日喜天孫下嫁
鸞幬度蜜月新詩詠君子好逑

朝陽彩鳳喜雙飛建千秋偉業
向陽紅蓮開並蒂樹一代新風

不願似鴛鴦卿卿我我戲淺水
有志學海燕朝朝夕夕搏長風

攜手結伴侶眼窩眉梢皆喜色
同心話愛情燈前月下有知音

嘉禮演文明訓詞與頌詞並進
良辰占吉慶琴韻同歌韻和鳴

慶佳節佳節會佳期天朗風和天仙配
賀新春 新春辦新事花好月圓花為媒

佳期值佳節喜看階前佳兒佳婦成佳配
春庭開春筵敬教座上春日春人醉春風

愛情花朵同長沃原共沐甘露得百年好合
情愛夫妻並肩協力比翼翱翔乘萬里東風

九霄仙女舞袖長空羞羞答答豔羨幸福人
二分明月篩影疏梅低低切切回味戀愛史

青春美愛情美心美都美　　相見晚知心晚說晚不晚
男孩好女孩好育好才好　　講獨生爭猶生多生不生

2. 四季新婚聯

（1）春季新婚聯

新春賀雙美　齊飛慶百年　柳氣眉間展　梅花陌上生
新人辦新事　新風傳梓里　春日耀春暉　珍色滿園庭

春融花並蒂　日暖樹交柯　才高鸚鵡賦　春暖鳳凰樓
柳欲先梅綠　春將合鏡妍　楊花揚喜氣　桃蕊兆新春

桃符新換迎春帖　椒酒還斟合巹杯
喜酒喜糖辦喜事　新春新歲迎新人

喜鵲喜期報喜訊　新春新燕鬧新房
鸞鳳和鳴昌百世　鴛鴦合好慶三春

春臨大地迎新歲　喜到人間賀佳期
香梅迎春燈結彩　喜氣入戶月初圓

山青水碧春光好　酒綠燈紅喜氣多
秦晉聯姻春意鬧　鳳凰比翼彩虹飛

蝶趁好花欣結伴　人舞盛世喜成親
紫簫吹徹藍橋月　翠鳥翔還彩屋春

紅桃宜插新人鬢　翠柳巧成同心結
煙開蘭葉香風起　春到桃花暖氣勻

花燭輝聯元夜月　風簫吹徹玉堂春
桃花人面紅相映　楊柳春風綠更多

春露滋培連理樹　春風吹放合歡花
花燦銀燈鸞對舞　春歸畫棟燕雙樓

鳳翔鸞鳴春正麗　鶯歌燕舞日初長
伉儷並鴻光競美　生活與歲序更新

佳兒佳女成佳偶　春日春人舞春風
樂新春豐年宴客　慶喜日盛世聯姻

柳暗花明春正半　珠聯璧合影成雙
春風春雨春常在　喜日喜人喜事多

花好月圓欣喜日　桃紅柳綠幸福時
一心同步青雲路　雙手共插大地春

紅杏枝頭春意滿　彩門樓下玉簫清
杏壇春暖花並蒂　蘭閨日晴燕雙飛

正是鶯歌燕舞日　恰逢花好月圓時
兩情魚水春作伴　百年夫妻日常新

春光映院花容豔　喜氣滿堂人意和
曉起妝台鸞時舞　春回畫棟燕雙樓

並蒂迎春桃夭柳翠　連心比翼花好月圓
春暖花朝彩鸞對舞　風和麗月紅杏添妝

美酒盈盅嘉賓滿座　春風入戶喜氣臨門
風暖丹椒青鸞起舞　日融翠柏彩鳳來翔

日麗風和華堂春溢　月圓花好繡閣春濃
雲擁妝台和風正暖　花臨寶扇旭日初長

鸞鳳和鳴春光滿目　燕鶯比翼壯志凌雲
妙舞翩翩華燈耀目　深情脈脈春景宜人

日麗華堂鶯歌燕語　春融繡幕鳳舞鸞翔
下玉鏡臺笑談佳話　種藍田玉喜締良緣

槐蔭連枝百年啟瑞　荷開並蒂五世徵祥
一代良緣九天麗日　八方貴客七色彩虹

花迎貴客景貴富貴　柳沐春風春新人新
花好月圓春風得意　妻賢夫德幸福無邊

燕舞鶯歌雲開五色　蘭馨芝秀喜滿三春
日麗風和門庭有喜　月圓花好家室咸宜

景麗三春天台桃熟　祥開百世金谷花嬌
滿架薔薇香凝金屋　依檻芍藥花擁瓊樓

紅梅吐芳喜成連理　綠柳含笑永結同心
春風春雨喜春花爛漫　新事新辦祝新婚幸福

百花齊放愛情花更美　萬木爭春連理木常青
喜期辦喜事喜中有喜　新歲迎新人新上加新

慶新春新春又辦新事　賀佳節佳節喜成佳期
日麗風和果結如意樹上　春暖冰融花開幸福泉邊

鴛鴦戲東西東西常為伴　嬌燕飛來去來去總相隨
春雨潤春色春色處處豔　新人辦新事新風人人誇

新人辦新事新風人人頌　春風灑春雨春光處處明
新人辦新事新風傳梓里　春日布春輝春色滿庭園

春節喜聯姻良日良辰良偶　歲朝欣合卺佳男佳女佳緣
逢佳節擇佳偶佳期傳佳話　迎新春賀新喜新人樹新風

美酒同斟忠貞愛情春添趣　幸福共用和睦家庭樂無邊
大地香飄蜂忙蝶戲相為伴　人間春滿燕舞鶯歌總成雙

一對璧人此日結成平等果　幾番花信春風吹出自由花

一對璧人來彩筆題成鸚鵡賦
幾番花信至春風吹引鳳凰簫

英才成佳偶楊柳舒新呈美景
良緣聯兩姓桃花依舊笑春風

佳節賀佳期佳女佳男成佳偶
春庭開春宴春人春酒醉春風

梓舍吉星臨獨蕊生輝光梓舍
宜人春訊早桃花含笑更宜人

正過新年傳來陣陣歡呼載歌載舞
清如明鏡照得雙雙儷影如玉如珠

好國好家好夫好妻好日子好了再好
新春新婚新事新辦新風尚新而又新

慶佳節佳節會佳期天朗風和天仙配
賀新春新春辦新事花好月圓花為媒

佳期值佳節喜看階前佳兒佳婦成佳偶

春庭開春宴敬教座上春日春人醉春風

（2）夏季新婚聯

荷開並蒂　芍結雙花

紅燭映紅麑　白蓮並白頭　蓮花開並蒂　蘭帶結同心
倚欄芍藥豔　滿架薔薇香　榴開映碧水　蝶舞乘東風

才子凌雲詩詠雪　榴花映日劍搖風
玉樓冰簟鴛鴦枕　寶鈿香娥翡翠裙

花開並蒂蝴蝶舞　連理同根楊柳青
酷暑鎖金金屋見　荷花吐玉玉人來

雅奏鳴鸞諧佩玉　佳期彩鳳喜添翎
合歡花燦雙輝燭　競豔榴開百子圖

紅妝帶綰同心結　碧沼花開並蒂蓮
翡翠翼交連理樹　藻芹香繞合歡杯

朝陽彩鳳雙雙舞　向日紅蓮朵朵開
雛燕呢喃歌大喜　榴花放彩映紅妝

枝上榴花紅豔豔　幃中鳳侶意綿綿
採花恰值辰初夏　夢燕欣逢麥報秋

雪藕冰桃調玉手　瑤琴錦瑟按金徽
雙飛黃鸝鳴翠柳　荷塘並蒂當知時

玉宇欣看金鶴舞　畫堂喜聽彩鸞鳴
繡閣燭映鴛鴦立　花壇影偕蝴蝶飛

花間蝴蝶翩翩舞　水上鴛鴦對對游

54

喜酒香浮蒲酒綠　榴花豔映佩花紅
蓮開綠雨同心果　香吐紅榴幸福花

千頃金濤迎喜至　一枝紅杏入牆來

槐蔭連枝千年啟瑞　荷開並蒂百世徵祥
花燭光中蓮開並蒂　笙簧聲裡帶結同心

玉軫風熏春歸夏日　金閨香暖宵短夢長
彈素月琴奏熏風曲　飲饌春酒題消夏詞

並蒂花開蓮房有子　同心縷結竹簟生涼
麥浪芳菲鶯花共豔　桃潭濃郁魚水同歡

翠竹碧梧麗色映屏間孔雀
綠槐新柳歡聲諧葉底新蟬

栀子結同心喜向簾前喚鸚鵡
蓮花開並蒂笑看池畔宿鴛鴦

（3）秋季新婚聯

喜望金菊放　樂迎新人來　月掩芙蓉帳　香添錦繡幃
新筆紅葉句　華堂友琴章

雲開月鏡輝玉佩　香護紗窗豔錦袍
九華燈映銷金帳　七孔針穿彩綠幃

丹桂香飄雲路近　玉簫聲繞鏡臺高
玉鏡人間傳合璧　銀河天上渡雙星

雲漢橋成牛女渡　春台簫引鳳凰飛
秋色平分佳節夜　月華常照美人妝

吉日恰逢桂子熟　新婚喜共月兒圓
銀漢一泓看鵲渡　金風萬里待鵬飛

借得花容添月色　權將秋夜代春宵
巧偕花容添月色　欣逢秋夜作春宵

百合香車迎淑女　中秋朗月照賓朋
繡幃宵長情馥郁　桂枝香透月團圓

不勞鴻雁傳尺素　且喜秋聲入洞房
詩題紅葉同心句　酒飲黃花合巹杯

人間好句題紅葉　天上良緣繫彩繩
雲樓欲上攀丹桂　月殿先登晤素娥

喜看新郎爭采桂　欣迎淑女樂留楓
秋色清華迎吉禧　威儀徽美樂陶情

雙星牛女窺銀漢　並蒂芙蓉映彩霞

秋色淑華吉祥止止　威儀徽美樂意陶陶
簫徹玉樓聲和鳳侶　花盈金屋香滿蟾宮

玉律鳴秋鵲橋路近　金風滌暑魚水歡諧
彩鳳和鳴梧桐蔭茂　關雎雅化蘋藻儀修

繡幕風清風簫吹處　金輪月滿鸞鏡圓時
鸞鳳和鳴秋光滿月　雁翔比翼壯志凌雲

銀燭高燒月避新妝應怯冷
絳紗好護風搖雅佩不知寒

試問夜如何牛女雙星纏碧漢

欲知春幾許鳳凰比翼下秦台

朗月慶長圓光照庭前連理樹
卿雲何燦爛瑞符天上吉奎星

（4）冬季新婚聯

鳳振雙飛翼　梅開並蒂花　雪飄雙飛蝶　燈映並頭梅
雪裡紅梅放　門前新人來　紅梅開並蒂　雪燭照雙花

遺風雄雀化　明月鳳凰飛

蒼松翠柏沐喜氣　玉樹銀枝迎新人
兩姓良緣天作合　三冬好景月初圓

吉日花開梅並蒂　良宵家慶月雙圓
偕年佳偶同心結　凌雪梅花並蒂開

鳳管久諧蕭史配　梅花已點壽陽妝
好句聯吟初夜月　卺杯醉飲小陽春

詠雪庭中迎淑女　生花筆下是才郎
梅花芳訊先春試　柏葉吟懷小雪初

翡翠簾垂初夜月　芙蓉鏡卜小陽春
評花賦就梅妝額　詠絮詩成雪滿階

點額新梅香繡閣　回陽麗日暖妝台
彩日流輝迎鳳輦　祥雲呈瑞覆鸞妝

雪案初吟才女絮　玉盆新供水仙花
大雁比翼飛萬里　夫妻同心樂百年

搖落紅梅氈鋪地　飄來瑞雪花綴幃

律應黃鐘諧鳳卜　春回紫帳協熊占
梅花芳訊先春試　柳絮吟懷小雪初

皓月描來雙燕影　寒霜映出並頭梅
載雪梅花飄繡閣　臨風蘭韻入香幃

雪案聯吟詩有味　冬窗伴讀筆生香
雪中句麗征才女　林下風清識大家

交柯松樹傲臘雪　並蒂梅花報新春
梅雅蘭馨稱上品　雪情月意締良緣

蒼松翠柏沐喜氣　玉樹銀枝迎新人
雪雁雙飛嚴寒退　紅梅並放堅冰融

錦裡楓丹芳聯奕葉　華堂藻耀瑞靄瓊英
青松枝頭白鶴為偶　紫竹園裡翠鳥成雙

黍穀春回祥開燕喜　蘭閨宵永夢繞蟲飛
簫引鳳凰春生斑管　杯斟鸚鵡香溢梅花

白雪無塵如愛情純潔　紅梅有信似婚姻初新

梅花隔歲開早誇才子凌雲筆
柳絮因風起曾記佳人詠雪詩

3. 分月新婚聯

（1）正月婚聯

新婚吉慶日　大喜豔陽春

已睹春雲籠彩鬢　還窺夜月映金蓮
吉日吉時傳吉語　新人新歲結新婚

天上四時春作首　人間百事婚當先
才貼桃符梅正豔　又迎鸞鳳喜添翎

桃符新換迎春帖　椒酒還斟合卺杯
笙歌徹夜香車過　簫鼓元宵寶鏡圓

巧借新春迎淑女　喜將元日作婚期
銀燭光浮元夜月　紫簫吹徹玉堂春

風暖丹椒青鸞起舞　日融翠柏彩鳳來翔
寶馬香車天仙下降　銀花火樹人月團圓

（2）二月婚聯

春暖花香鳥語　夫妻英俊家歡

梅黛春生楊柳綠　玉樓人映杏花紅
一對璧人開吉席　二分春色到華堂

鳥弄芳園傳巧韻　花明麗月映嬌姿
苑內桃花開並蒂　簷前燕子習雙飛

花朝春色光花燭　柳絮奇姿畫柳眉
仲陽柳綠飛鸚鵡　花月新風迎鳳凰

燕把春泥築寶壘　鶯穿楊柳織翠絲
柳絮新詞傳繡閣　杏花春色麗妝台

柳綠花明春正半　珠聯璧合影成雙

雲擁妝台和風正暖　花迎寶扇麗日初長
荇菜詩歌風來寶扇　杏花時節日麗妝台

（3）三月婚聯

桃李香三月　姻緣慶百年

三月桃花紅錦繡　萬盞銀燭引玉人
十里好花迎淑女　一庭芳草看宜男

車輛喜乘芳草路　瑟琴欣鼓杏花天
樂和笙簫吹夜月　花開桃李笑春風

門逢新禧月方滿　花到韶春香正濃
翠侶巧妝鶯鳳侶　紅桃宜掛佳人頭

灼灼桃花遙映面　彎彎柳葉遠歸眉
荷錢掩映樓頭月　燕翦差池檻外風

桃花人面紅相映　楊柳春風綠更多

萬紫千紅十分春色　雙聲疊韻一曲新歌
桃麗三春璿閨日暖　景開百世金谷花嬌

（4）四月婚聯

薔薇香繞屋　芍藥喜擁門

池上綠荷揮彩筆　天邊朗月偃新眉

寶鏡臺前人似玉　金鶯枕側語如花
禮行奠雁三春後　詩詠關雎四月中

清明盛世迎佳日　恩愛夫妻共韶華
牡丹香裡人如玉　喜字門前笑綻花

酴醾香送清和月　芍藥名稱富貴花
採蓮詞調更新譜　詠絮才華寫入詩

美滿姻緣天作合　清和時節日初長
探花幸際辰初夏　夢燕欣逢麥至秋

榴火燒天符繫赤　荔雲籠院葉題紅

滿架薔薇香凝綺閣　倚闌芍藥豔映瓊樓
新婦羹湯櫻廚初試　美人香草蘭佩乍貽

（5）五月婚聯

榴花添愛意　仲夏暖衷情
榴開臨碧水　蝶舞趁和風

雲開蘭葉香風起　火燦榴花暖意融
鳳管音諧金縷曲　蝶衣粉濺石榴裙

合歡花燦雙輝燭　競豔榴開百子圖
妝匣尚留金翡翠　麝香數度繡芙蓉

耄酒香浮蒲酒綠　榴花豔映燭花紅
鏡裡彩鸞留倩影　釵豆文虎助新妝

抬頭欣見金鶯舞　側耳喜聽彩鳳鳴
榴花似火灼杲日　香蒲如雲迎麗人

採蓮君子新求偶　雪藕佳人舊有才

艾綬舒風榴花耀火　鳴鸞歌日彩鳳翔雲
蓮炬生輝熏琴譜曲　榴花映日蒲葉搖風

（6）六月婚聯

荷塘新蕊放　月色慧心圓

柳葉眉添金兆筆　藕絲紗罩美人裳
蓮沼鴛鴦歌福祿　蓉屏孔雀絢文章

調羹新遣細君肉　雪藕同調公子冰
六月紅蓮雙蒂豔　一堂好友共交杯

荷葉池中魚比目　藍橋石畔鳳雙飛
紫燕雙飛鳴翠柳　紅蓮並蒂迎清波

已向藍田收白璧　還於繡幕引紅繩
六月紅蓮開並蒂　一鄉師友結同心

樂奏林鐘諧鳳侶　詩歌南國葉螽斯
沼上蓮花舒並蒂　庭中荔子綴連枝

並蒂花開差房有子　同心縷結竹籜多孫

（7）七月婚聯

藍橋恩愛重　瓜節誼緣長
二美百年好　雙星七巧逢

雲漢橋成牛女渡　春台簫引鳳凰飛
九華燈映銷金帳　七孔針穿彩縷絲

鳳冠逢人間七月　鵲橋渡天上雙星
新秋金閣成佳偶　瓜月婚期結良緣

鵲橋初架雙星渡　熊夢新徵百子祥
燕子慢疑釵是玉　仙郎應悟鵲為橋

銀漢雙星金秋七月　人間巧節天上佳期
才子佳人世間兩美　牛郎織女天上雙星

(8)八月婚聯

月掩芙蓉帳　香添錦繡幃

蘭室夜深入旖旎　桂輪香滿月團圓
豆蔻清香傳合巹　芙蓉麗色映新妝

秋色平分佳節夜　月華照見美人妝
桂苑月明金作屋　藍田日暖玉生煙

雲樓欲上攀丹桂　月殿先登晤素娥

才子佳人詞填月譜　人間天上曲奏霓裳
月下花前十分美滿　人間天上一樣團圓

序應三秋桂花馥郁　祥開百世瓜瓞綿長
喜溢華堂地天交泰　香飄桂苑人月雙圓

(9)九月婚聯

摘花迎淑女　采菊賞嘉賓

萸囊色映齊眉案　菊圃香傳合巹杯
不勞鴻雁傳尺素　且喜秋聲入洞房

鳳凰簪掛茱萸蕊　鸚鵡杯浮杞菊香
紅葉染成詩作伐　黃花釀出酒盈樽

合巹欣逢人送酒　開宴喜見客題糕
彩箋吟就新詩好　紅袖擎來菊酒香

笑把黃花輕插鳳　閑拈黛筆淡描蛾
堂上瑟琴看並蒂　天邊鴻雁聽和鳴

酒釀黃花情聯鳳唱　詩題紅葉夢繞雁翔
繫足紅絲良緣注牒　畫眉彩筆妙句題糕

釀熟黃華節逢重九　眉分碧月樣畫初三

（10）十月婚聯

小春迎雅客　陽月惠佳人

喜酒飲來三日醉　早梅分得一枝春
翡翠簾垂初夜月　芙蓉鏡映小陽春

大雁乘風飛玉宇　夫妻比翼樂陽春
翡翠簾垂初夜月　芙蓉鏡卜小陽春

雲抱玉林芝草茁　香飄金屋篆煙清
梅花芳訊先春試　柳絮吟懷小雪初

稻秀穀香抒稔歲　秋高氣爽娶新人

錦裡楓丹芳聯奕葉　華堂藻麗瑞靄瓊英
點額新妝春探梅嶺　同心嘉偶喜溢蘭閨

（11）十一月婚聯

黃鐘鳴愛律　紅葉題詩情

宮線新添同命縷　繡幃初放合歡花
六花雪映雙全女　五色雲擁四有人

梅花芳訊先春試　柳絮詠懷小雪初
翠柏蒼松盈喜氣　銀花玉樹映新人

皓月描來雙影雁　寒霜映出並頭梅
紫鸞對舞菱花鏡　海燕雙棲玳瑁樑

文鸞對舞珍珠樹　海燕雙棲玳瑁樑
堆金菊映黃金屋　綴玉梅淋白玉妝

雪案初吟才女絮　玉盆新供水仙花

麟趾呈祥一陽初復　螽斯衍慶五世其昌

（12）十二月婚聯

雪伴紅梅放　門迎淑女來

合歡共醉黃封酒　度歲新添翠袖人
婚宴留客情彌重　臘鼓催人酒始酣

臘月梅花勿讓雪　新春玉步待迎人
合歡共舉黃封酒　辭歲新添翠袖人

臘粥試調新婦手　春醅初熟闔家歡
翠黛畫眉才子筆　紅梅點額美人妝

金屋才高詩吟白雪　玉台春早妝點紅梅

筮近新年絲牽翠幕　締成佳偶玉種藍田

舊歲將辭且趁吉時行吉禮
新年即屆迎來春始探春人

4. 節日新婚聯

（1）元旦婚聯

十全十美喜事　一月一日良辰

一元復始禎嘉慶　萬象更新瑞福祥
吉日吉時傳吉語　巧借元旦迎淑女

人喜家欣天下喜　山歡水笑神州歡
佳日佳時傳佳語　新人新歲結新婚

佳節娶佳人頻傳佳話　新年更新貌同譜新篇

彩燈照洞房新年共飲交心酒
華宴款嘉客賓主同端賀喜杯

（2）春節婚聯

爆竹聲中辭舊歲　華燈影下看新人
香梅迎春燈結彩　喜氣入戶月初圓

桃符新換迎娶帖　椒酒還斟合巹杯
華燈映照芙蓉帳　紅聯疊綴洞房春

春臨大地迎新歲　喜到人間賀佳期
新歲新婚新起點　喜人喜事喜開端

喜爆鳴喜 新郎樂點朝天響
新餃孕新 喜婦巧包敬老歡

好國好家好夫好妻好日子好了再好
新春新婚新事新辦新風尚新而又新

喜期辦喜事吃喜糖喝喜酒皆大歡喜
新春結新婚瞧新娘鬧新房煥然一新

慶佳節佳節會佳期天朗風和天仙配
賀新春新春辦新事花好月圓花為媒

佳期值佳節喜看階前佳兒佳婦成佳配
春庭開春宴敬教座上春日春人醉春風

（4）七夕婚聯

兩美百年好 雙星七夕逢

銀漢雙星歡七巧 春宵一刻值千金
玉鏡人間傳合璧 銀河天上渡雙星

雙星牛女窺銀漢 並蒂芙蓉映彩霞
三合夫婦情似海 七夕姻緣恩如山

雲漢橋成牛女渡 春台簫引鳳凰飛
天上牛郎織女會 地下佳男淑女合

銀漢三星人間巧結 藍田雙璧天上佳期

七夕良宵天上人間共樂 三秋美景新婚喜事同歡

（5）中秋節婚聯

秋色平分佳節夜　月華照見美人妝
今夕月圓花正好　明朝道合志和同

新婚喜遇中秋節　丹桂偏鍾稻穀香
吉日恰逢丹桂碩　新婚喜慶月兒圓

吉日花開梅並蒂　良宵家慶月雙圓
瑤琴一曲雙聲奏　月殿三秋五桂香

銀漢新秋金閨嘉偶　人間巧節天上佳期

（6）國慶日婚聯

婚慶喜逢國慶日　桂花遍惹菊花香
百族萬方歌國慶　一門二秀唱家祥

新婚幸與國同慶　金菊香同家獲麟

5. 職業新婚聯

（1）政界婚聯

創業成知己　屬職結良緣
建文明世界　過幸福生活

婚姻貴自主　為政尚清廉

立志同挑革命擔　同心共寫振興詩
且欣繡幕聯雙璧　但願春風溥萬家

眾仙競奏霓裳曲　淑女爭看象服宜

國有賢才扶世運　光搖燭影看新人
千秋大業揮雙手　四有新人結同心

治平原自齊家始　志業從知報國多
堂上鳴琴留政績　房中鼓瑟締良緣

施政有方，齊眉有頌　德音長詠，仁術長存

事業有成，並跨千里馬　人才無沒，樂當九方皋

令譽咸誇，闔家和氣先民主
好花共護，兩縷情絲繫自由

（2）農村婚聯

手開翠嶺雙鋤落　眉剪青山比翼齊
良緣喜結同心譜　春光永駐五好家

久勤耕作事農圃　新有室家長子孫
四境諧良風俗美　百年慶佳偶天成

攜手同心共致富　並肩協力奔小康
佳偶同偕百年老　好花共育一枝紅

相愛喜逢同讀伴　結緣恰是共耕人
勤勞致富宜同勉　和順理家貴相幫

盡孝事親天宜降眾　餉耕有婦喜聽鳴鳩
琴瑟永調月圓花好　家風不改女織男耕

喜今日務農能手結情侶　看來年致富金花煥彩霞

（3）工商界婚聯

合作製成新作品　勤工斯見好功夫
璋瓦佇看新製造　羹湯初試好調停

長征奮展雙鵬翼　四化昂揚萬里心
起家勤儉添中饋　宜室賢能配合歡

秦晉百年新結好　婚姻四美共遵行
商界有名精貨殖　吳門偕隱似神仙

商界有名傳佳話　姻緣守義尚新風
成家當思創業苦　舉步莫戀蜜月甜

經營春夏秋冬貨　喜惠東南西北人
經營有道金為信　戀愛無暇貴守誠

入戶三星輝增天市　盈門百輛喜溢華堂
男女平權分工合作　室家和樂迪吉凝休

良冶良弓箕裘克紹　宜家宜室琴瑟新調
女忒英賢譽盈巾幗　郎誠傑俊業務陶朱

（4）教育界婚聯

河鳩聲裡饒詩意　花筆窗前好畫眉
盟書早訂三生石　彩筆新開五色花

碧紗待月春調瑟　紅袖添香夜讀書
燈下暢淡夫妻愛　洞房盡飄桃李香

書海相游互勉勵　征途同步共攀登
情有獨鍾愛有屬　學無止境業無窮

盟書早訂三生願　教案常開五色花
胸有赤情騰駿馬　心裝厚愛結姻緣

彩筆生花書成錦字　新詩擷豔體合香奩
十年樹木桃李爭豔　二姓聯姻魚水爭歡

藍天高正看鴛鴦比美　校園闊欣期龍鳳呈祥

同培桃李恩愛夫妻情誼重　共奮教壇光榮帶來福緣長
同培桃李恩愛夫妻情誼重　共獻青春熱衷教育幸福長

（5）科技界婚聯

並肩奔四化　攜手登九天
志於雲上得　人自月中來

汗水同澆理想樹　勤奮共償愛情果
天臺路近逢仙子　科海波平渡鵲橋

愛情因事業增美　成就靠知識閃光
同心果滿千秋樹　比翼鳥飛四化程

並肩奮進長征路　攜手攀登科技峰
萬里雲天爭比翼　百年事業結同心

科技展開愛情羽翼　知識鼓滿青春風帆

協力同心巧織九州錦　並肩攜手精描四化圖

日月合璧映出光明世界　伴侶同心迎來美好家庭

（6）文藝界婚聯

絕藝調琴瑟　盛名引鳳凰

夫妻小天地　人文大舞臺

昔日臺上假夫妻　今宵洞房真鴛鴦
松竹梅蘭同相愛　詩書琴畫並抒情

也愛風流高格調　敢隨時尚巧梳妝
女慧男才原是對　你恩我愛總相聯

詩歌南國好述句　書賦東萊博議篇
松竹梅蘭同相愛　琴棋書畫共抒情

得意唱隨山水外　鍾情拓入畫圖中

（7）體育界婚聯

體壇同獲錦　婚禮共開樽

午夜雞鳴欣起舞　百年虎嘯永攀登
宜國宜家新伴侶　能文能武好英才

長征路上雙紅侶　四化途中兩冠軍
百尺竿頭齊比翼　千般情誼共登科

武術有源千流一脈　婚姻守信百年同春

一雙愛侶樂為祖國添光彩　兩顆紅心爭替體壇奪錦標
運動場並肩競賽兩遂志願　家庭裡攜手同行一往情深

（8）醫務界婚聯

橘井龍吟月　杏林鳳唱春

樂為病人嘗百草　喜與情侶話三更
願期天下人常健　何吝洞房夜永甜

妙手回春傳佳話　青梅竹馬結良緣
杏壇春暖花並蒂　蘭閨日晴燕雙飛

春暖杏林花並蒂　日照蘭閣燕雙飛
今夕交杯傳蜜意　來朝出診送溫馨

婚尚文明喜溢華堂雙合璧　術稱精湛樂汲橘井萬家春

（9）軍界婚聯

大道並肩攜手　軍營易俗移風

帷房曲奏軍中樂　甲帳盟成石上緣
榮耀門庭添鳳彩　英雄戰士喜鸞鳴

戰地月圓飛比翼　異鄉花好結同心
十五月明連理樹　萬千燈照合歡花

軍民同譜凱旋曲　夫婦共澆恩愛花
夢虎聯姻曾射虎　屠龍有技好乘龍

軍屬門庭添鳳彩　榮歸戰士喜鸞鳴
鋼鐵長城千里固　絲蘿佳偶百年春

營內歡植同心樹　軍中喜放並蒂花

占鳳協祥有情眷屬　聞雞起舞尚武精神
鴻案相莊雞鳴戒旦　鳳占葉吉虎帳生春

邊關受獎喜配百年偶　偉業立功精描四化圖
占鳳協祥，有情眷屬　聞雞起舞，尚武精神

邊塞風高，英風自在　柳營月照，人月長圓

6. 出嫁喜慶聯

（1）嫁女聯

求我庶士　宜其人家
婚諧鳳卜　禮紹牽羊

良辰輝繡輦　吉日過嘉門
雀屏欣吉日　鴻案慶良辰

花色偕車秀　簫聲引鳳來
桃面喜陪嫁　梅香和襯妝

琴瑟諧奏樂　芙蓉帶露開
琴瑟百年好　鳳鸞千載祥

祥光擁大道　喜氣滿閨門
當以順為正　庶能敬且和

錦堂合雙璧　玉樹榮萬枝
妝奩贈勤儉　家教有清操

繡閣昔曾傳跨鳳　德門今喜近乘龍
于歸好詠宜家句　往送高歌必戒章

玉鏡能偕溫嶠志　荊釵甘為伯鸞容
笑擁梅花迎翠步　題留紅葉動仙娥

有緣過門聚白首　同步偕婿結青鸞
名流喜得名門婿　才女欣逢才子家

黃菊綻金光雲鬢　芙蓉含露醉朱顏
此去婆家應節儉　當思慈母久劬勞

寶馬迎來雲外客　香車送出月中仙
作婦須知勤儉好　治家應教子孫賢

嫁女喜逢大好日　送親正遇幸福年
養女已傳針線術　適人再授桑麻經

嫁女喜逢良好日　送親正遇吉祥年
翔鳳乘龍兩姓偶　好花圓月百年春

唯有薄奩宜愛女　愧無美酒宴嘉賓
應要睦鄰和妯娌　便須敬老奉翁姑

嫁女婚男兩家情願　生男育女一個相宜
瑟鼓房中鳧翔靜好　簫吹樓上鳳律歸昌

贈女嘉言，克勤克儉　誦詩吉語，宜室宜家

此去有家切記克勤克儉　再來無議才算乃賢乃良
聯戚攀親何必門當戶對　擇婿嫁女只求志同道合

無物可陪五講四美隨身帶　有言相囑百好一勤致力行

（2）嫁孫女聯

繡閣春風催嫁杏　香閨喜兆報征蘭
喜溢重閨瞻祖竹　樂居老屋附孫枝

喜見鳳雛親老鳳　笑看枝杈育孫枝

鳳律歸昌克繩其祖　雀屏獲選附列於孫

（3）嫁妹聯

家人易卜占歸妹　君子詩詞詠好逑

作賦擅清才壓妝定有香茗箋
于歸偕妙偶宜室合詠敬老詩

（4）嫁侄女聯

滿堂溢彩嫁猶女　香奩添妝送新娘
雖分伯仲兩家灶　勝似爹娘一樣親

車輪鳥翼聯同體　伯愛叔恩脈一源

（5）再嫁聯

千里姻緣一夕會　半生結偶百年親
海燕引雛朝鳳闕　江魚帶子躍龍門

7. 迎娶聯

（1）賀娶媳聯

三星在戶百輛盈門　琴瑟在御鳳凰于飛
彈琴詠風宜其家室　承歡侍膳貽厥子孫

（2）賀娶孫媳聯

翁上為翁翁不老　婦前稱婦婦皆賢

飴座承歡蘭蘇苗秀　乬杯葉吉瓜瓞麕綿

8. 新婚宅第聯

（1）大門用聯

紅鶯鳴綠樹　對燕舞繁花

掃淨庭階迎客駕　攜來笙管接鸞輿
嚴父開懷觀鳳舞　慧兒合卺學梅妝

一曲清歌迎淑女　九成雅樂宴嘉賓
拴馬不教賓客返　碰杯漫聽鳳凰鳴

大駕光臨門第耀　良辰吉聚主賓歡
一世良緣同地久　百年佳偶共天長

日麗風和桃李笑　珠聯璧合鳳凰飛
茅廬又喜來珠履　侶伴從今到白頭

連理枝喜結大地　比翼鳥歡翔長天
三千珠履光蓬戶　一對青年結鳳儔

一杯美酒迎賓客　兩顆赤心報親恩
淨掃庭階迎客駕　樂彈琴瑟接鸞輿

綠蟻浮杯邀客醉　藍田得玉吉婚成
難有茅臺酬上客　喜燒花燭映重門

吾歡子喜重重喜　友喜戚歡個個歡
喜至邀賓多車馬　深愧設席少肉魚

碰杯邀客開宏量　舉箸宴賓表至誠
頭上青霄鸞比翼　門中珠履客談心

喜期喜事喜中有喜　新歲新人新上加新
天喜地喜催得紅梅放　主歡賓歡迎將新人來

席上愧無魚貴客來臨彈鋏唱
門中能引鳳愚男正喜弄簫吹

（2）禮房用聯

禮賀鴛鴦喜　房飄筆墨香

兄弟惠幫登記簿　賓朋添增賀婚儀
貴賓頻來賀大喜　禮房迓至有嘉賓

禮單譜盛情情深似海　笑聲傳友誼誼重如山

（3）重門用聯

父喜子喜重重喜　友歡戚歡個個歡
六禮周全迎鳳侶　雙親歡笑看兒婚

（4）側門用聯

宜把歡情聯左右　愧將薄席款西東
鞠躬致迓嘉賓至　側耳遙聞彩鳳鳴

左右逢源君賜駕　東南溢美我傾樽

淑女迎來蓬門添異彩　嘉賓駕到篳戶倍生輝

燕席重聞雅愛親朋來似雨　鹿車今輓多情姐妹送如雲

（5）後門用聯

後話慢談留客住　復邀相聚敘親情
門前綠水流將去　宅後紫鶯祝賀來

美德光前而裕後　韶琴頌古又歌今
後槽關馬留佳客　門第慚蝸宴上賓

前堂鴻禧籠華宴　後院福綏掩翠門
門前大道飛龍馬　屋後崇山畫鳳凰

日照門前添喜氣　花開院後吐芳馨

（6）婚禮廳用聯

握手初行平等禮　鞠躬締結自由婚
婚尚自由除舊俗　禮從簡樸樹新風

堂前喜飲交杯酒　廳上承歡幸福人
婚禮廳前歡植同心樹　爆竹聲裡喜開並蒂蓮

情人一對締結婚姻大事　賓客滿堂齊誇簡樸新風
新婚堂前共飲合歡美酒　幸福路上同享好合長春

一對新人萬里征程手攜手　兩個伴侶百年事業心貼心
新婚堂上紅花並蒂相映美　小康路上嬌燕雙飛試比高

新社會新時代喜新婚嘉禮　好家庭好夫妻期好合百年

（7）洞房用聯

蜜月花香久　新婚幸福長
金風過情夜　明月鬧洞房

情山棲鸞鳳　愛水浴鴛鴦

田野蛙聲一片　洞房蜜語三更
燈前對飲合歡酒　屋裡喜逢如意人

大好年華歌好合　裕良世景結首緣
情書曾憑紅葉寄　洞房全憑黃花飾

金屋笙歌偕彩鳳　洞房花燭喜乘龍
笙韻譜成同夢語　燭花笑對含羞人

燈下一對幸福侶　洞房兩朵愛情花
芙蓉鏡映花含笑　玳瑁宴開酒合歡

並蒂花開連理樹　新醅酒進合歡杯
花燭笑迎比翼鳥　洞房喜開並頭梅

結彩張燈良夜美　鳴鸞和鳳伴春來
鳳落梧桐梧落鳳　珠聯璧合璧聯珠

伉儷好合般般好　家庭新建樣樣新
花從春來香能久　愛到深處情自投

情投兩姓結伉儷　意合百歲稱祝梁
結一對同心伴侶　創百年幸福生活

柳色映眉妝鏡曉　桃花點面洞房春
且看淑女成佳婦　從此奇男是丈夫

水底月為天上月　眼前人是意中人
青廬交拜成雙美　白首團圓到百年

窗前共攬三春月　燈下同吟一卷詩
同跨駿馬馳千里　共植梅花香百年

志趣相投花亦笑　感情融洽月常圓
正是鶯歌燕舞日　恰逢花好月圓時

海枯石爛同心永結　地闊天高比翼齊翔
夫婦情似青山不老　伉儷意如碧水長流

花燭光中山盟海誓　洞房深處道合志同
珠聯璧合洞房春暖　花好月圓魚水情深

兩情魚水花開豔　共枕夫妻愛更深

大地風光喜期新發　洞房花燭吉日良辰
男女雙佳好似鴛鴦鳥　婚姻兩願喜結連理枝

辦喜事吃喜糖喝喜酒　結新婚瞧新娘鬧新房
締良緣兩片赤誠喜大慶　結知音百年美觀樂長春

志同道合海闊天空同比翼　意厚情深花好月圓兩知心
洞房花燭交頸鴛鴦雙得意　夫婦恩深和鳴鳳鸞兩多情

喜酒杯杯喜事喜逢喜日子　新風處處新人新開新家風
喜氣滿門春風堂上雙飛燕　新事臨階麗日池邊並蒂蓮

洞內風光好良宵共剪西窗燭
房中樂事多午夜常偷王母桃

縱有千番美景怎比今宵花燭亮
喜成百歲良緣更迎明日春光新

花燭下賓客滿堂齊贊簡樸辦事
洞房中新人一對共商勤儉持家

（8）祖父母房用聯

序列三階孫娶婦　祥開四葉子為翁
家門有幸孫為婿　賓客尤歡子作翁

慰我翁姑常滿意　願他婆媳永和顏
還虞月下身高子　不厭懷中揣上孫

翁上為翁翁不老　婦前稱婦婦皆賢
子作阿翁舒晚景　孫為快婿慰餘年

五桂堂前身並茂　一蘭階下引叢芳
我愛媳孫媳愛我　賓來宴酒宴來賓

飴座承歡蘭蘇苗秀　耄杯葉吉瓜瓞賡綿

（9）父母房用聯

一索得男占取婦　大邦有子詠宜家
子媳有緣歌雅韻　翁姑含笑唱宜家

欣結兒婚娛母志　歡迎客駕耀蓬門
望子媳齊眉舉案　酬親朋弄盞傳杯

今歲樂栽連理樹　來年欣看紹裘人
禮樂於今歌大雅　媳兒立志旺小家

了卻爹娘心上事　喜迎兒女意中人
在戶喜星昭喜氣　適門淑女孝高堂

三星在戶百輛盈門　琴瑟在御鳳凰于飛
彈琴詠風宜其家室　承歡侍膳貽厥子孫

（10）宴客廳用聯

三杯淡酒酬賓客　一席粗餚宴懿親
客溢蓬門家有幸　席陳淡酒主懷慚

幾杯淡酒難稱宴　一意留賓莫說歸
堂前奏樂迎賓客　門外吹簫引鳳凰

舉杯未飲情先醉　奮筆疾書語更新
情投喜奏文明曲　意合欣詠幸福詩

設茗陳煙禮久周　成一對恩愛夫妻

把盞能抒賓主意　觀書方曉古今情
座上漫談同志愛　堂前合慶自由婚

座上飄香飄上座　堂中溢喜溢中堂
自去自來堂上燕　相親相愛水中鴛

陋室擺宴酬厚意　嘉賓上座敘歡情
節值仲冬迎淑女　時逢吉日款良朋

青梅酒熟憑君醉　紅燭春濃任客談
三杯薄酒迎鄉女　一席淡菜宴嘉賓

（11）客房用聯

千聲嗩吶迎賓至　三盞祥醇把客酬
客自八方祝大禮　酒酌三盞賀新婚

薄酒酬賓圖圖熱鬧　煙糖敬友表表衷情

（12）廚房用聯

酒餚味淡慚無理　主客情濃幸有緣
廚無美味殊慚主　席缺佳餚亦宴賓

自愧廚中無盛饌　卻欣堂上有嘉賓
廚內精心調五味　堂前聚首會百朋

客有隆情來慶賀　廚無美味實懷慚
有酒敬邀賓客醉　無魚難盡主人情

門外移來皆玉步　廚中捧出盡金瓜
廚內青蔬酬上客　堂前珠履看新人

冒雨網魚酬勝友　迎風摘果待嘉賓
廚內精心調五味　堂前聚首會三親

（13）書房用聯

娛情筆墨寫雙喜　合情詩書歌百福
書到用時方恨少　喜臨心上更知甜

萬卷詩書宜子弟　一簾明月喜新人

（14）中堂用聯

欣然開笑口　相聚敘衷情
合歡偕伴侶　新喜結親家

婚事近新年倒屣迎賓椒酒　姻緣原鳳世肯堂接媳薑湯
稚子結良緣喜事從心慈母　嘉賓援百賜感懷雅意親朋

（15）祖台用聯

光前振起家聲遠　裕後遺留世澤長
祖功宗德流芳遠　子孝孫賢世澤長

燕翼貽謀承後裔　鳳毛齊美耀前人
喬木千枝思己本　長江成派溯清源

9. 其他婚聯

（1）團體婚禮聯

團體新婚禮　無瑕雙美緣

共結美滿姻緣　同建幸福生活

對對蓮開映碧水　雙雙蝶舞趁東風

男男女女恩恩愛愛　對對雙雙喜喜歡歡
紅荷綠葉節節佳偶　白鶴紫蘭朵朵相依

對對情人綿綿細語　雙雙愛侶脈脈含情

春意融融，滿堂喜氣　新人對對，百世良緣
樹新風，婚行團體禮　除陋習，喜慶闔家歡

團體婚禮新事新辦新風尚　齊眉夫妻互親互幫互敬尊
同德同心並肩典禮成愜侶　時人時事團體結婚樹新風

同德同心，同日結成同心伴
新人新事，新婚譜就新樂章

同德同心，對對雙雙都成佳偶
載歌載舞，歡歡喜喜共結良緣

遊千里佳水佳山，結成百年佳偶
覽八方春花春月，恰遇一路春風

喜迎國慶○○年同心共結團圓彩情繫祖國
歡慶婚典百歲緣並肩合拜團體禮愛在○○

（2）重婚用聯

白首成新侶　青春續舊盟

梅開二度花復豔　月缺重圓光更明
重放異葩香更遠　重婚佳偶意尤深

喜日花開梅並蒂　良宵家慶月雙圓
前情諒解都如夢　後景重歡總是春

堂前乍見渾如昨　帳裡回思恍似新
從此夫妻無異夢　依然羅帶結同心

百世鳳凰重卜吉　千年瓜瓞更開祥
重圓破鏡續鴛夢　再架鵲橋渡愛河

新景新婚新氣象　舊人舊貌舊情懷
缺月依然成滿月　故人仍舊做新人

兩情魚水雅歌復詠　百歲鴛鴦寶鏡重圓
花滿酒滿婚姻美滿　月圓鏡圓夫妻團圓

鵲橋再嫁親友高興　破鏡重圓子女喜歡

燭照洞房缺月依舊成滿月　名登金榜故人從今做新人

琴瑟重調，前嫌盡釋都如水
簫聲再續，來日方長總是春

鼓瑟鼓琴，弦更張時風亦韻
宜家宜室，鏡仍合日月同圓

錦瑟重調，依舊調羹稱素手
紅絲再續，定然舉案效齊眉

（3）再婚用聯

無奈花落去　有緣鳳歸來

大地卻欣春又到　人間更喜月重圓
珠簾月影重輝夜　錦閣花香兩度春

玉梅再探香遍逸　寶鏡重開影又新
再看調羹新洗手　重新舉案定齊眉

西廂又見月團圓
樂昌寶鏡喜重圓

南國再來看旆旄
鉤弋朱弦欣再續

疊韻琴聲奏二弦
舉來鴻案又齊眉

重圓鏡影成雙照
射中雀屏資熟手

續弦尤勝樂新歡
鴛被重溫偕百年

改嫁有識排舊陋
鶯膠新續征雙美

盧陵佳偶續金弦
柳綠枝頭色更新

溫嶠良緣窺玉鏡
桃紅庭苑嬌逾昔

柳放江頭絮有新
鳳翼齊飛慶百年

桃開苑裡花仍灼
鶯膠新續誇雙美

欣逢天上月重圓
盧陵佳偶續冰弦

喜見閨中花又秀
溫嶠良緣窺玉鏡

香盈彩帳月重圓
房中琴韻重新調

黛畫青山春不老
苑上梅花二度開

香添繡閣月重圓
意氣相投月重圓

黛畫青山春不老
愛情堅貞花正好

重調琴瑟韻尤諧
月缺重圓光更明

再續姻緣春益麗
梅開二度花復豔

桃源舊路駕輕舟
後景歡娛總是春

彩筆新添光夜月
前景諒解都如夢

破鏡重圓夫妻愛
百歲鴛鴦重圓鏡

鵲橋再架婚姻美
兩情魚水復詠歌

千里姻緣一夕會　半生結偶百年親
改嫁有勇破舊習　續弦無妨建新家

錦堂疊見雙星壽　小莊重開並蒂蓮
依舊羹湯初洗手　重新舉案定齊眉

海燕引雛朝鳳闕　江魚帶子躍龍門
兩情魚水雅歌復詠　百歲鴛鴦寶鏡重圓

花滿酒滿婚姻美滿　月圓鏡圓夫妻團圓
鸞鳳和鳴式歌且舞　琴瑟在御其新孔嘉

鼓琴鼓瑟鸞膠新續　宜室宜家熊鶯同甘
志男倩女戀人成眷屬　吉日良辰愛情續新篇

鼓瑟鼓琴弦更張時風亦韻　宜家宜室鏡仍合處月同圓
鵲橋再架同心協力奔小康　破鏡重圓相幫相親偕百年

琴瑟重調前情盡釋都是水　姻緣再續來日方長總是春
燭照洞房缺月依舊成滿月　名登金榜故人從今做新人

夜復同眠從此夫妻無異夢　優生一個須知子女無需多
鼓瑟鼓琴弦更張時風更韻　宜家宜事鏡仍合處月仍圓

蜜月著書看呂氏續成博議　洞房討論想袁隗另有嘉言
雍伯玉田白璧收來春幾許　樂昌寶鏡青函合處月重圓

（4）晚婚用聯

破舊俗晚婚晚育　樹新風利國利民
國策新風婚應晚　吉期鴻福育宜遲

（5）老年婚聯

夕陽無限好　萱草晚來香
天意憐幽草　人間重晚晴

寂寥得共慰　冷暖更相知

晚年玉成美事　老孺締結良緣

秋後黃花香益遠　老來佳侶意尤濃
歡度晚年又成偶　發揮餘熱再立功

暮年欣結貼心伴　餘生樂度幸福秋
暮歲新交同路伴　餘生樂度豔陽秋

歡度晚年，吉祥止止　發揮餘熱，樂意融融
白首聯姻，相依朝夕　黃昏作伴，共品辛甘

豔福老年多，人成佳偶　春光先日到，天結良緣

知命樂天，閑讀詩書消白晝
喜晴愛晚，好調琴瑟伴黃昏

新知長相知，知面知心知冷暖
老伴永做伴，伴遊伴讀伴春秋

（6）招婿用聯

香車迎佳婿　美酒宴嘉賓

男好女好百年好　天和地和萬載和
梧桐滴翠引鳳去　丹桂飄香乘龍來

得贅賢郎即是子　生來好女勝於男

好女娶夫破舊俗　英男落戶樹新風
鳳求凰百年樂事　男嫁女一代新風

賢婿作兒福中福　愛女為媳親上親
一代新風男嫁女　百年和合鳳求凰

招得賢才來作子　育成好女亦如男

選入乘龍音諧引鳳　屏開射雀喜溢鳴鶯
東吳招親女婚男嫁　西廂開戶花好月圓

小夥子出嫁闔家送　大姑娘招親全院迎
好兒男破千年舊俗　賢淑女開一代新風

梧桐滴翠欣聞引鳳去　丹桂飄香喜見乘龍來

男尊女女尊男男女平等　夫敬婦婦敬夫夫婦相愛
婿是兒兒是婿兩全齊美　媳為女女為媳親上加親

吉日良辰欣逢佳節迎接佳婿
男到女家喜辦新事樹立新風

座有佳人，無事奏求凰艷曲
選來快婿，果然稱配鳳奇才

伴千秋皓月，芝遷蘭室呈新
彩迎六合喜氣，男到女家賀世昌

（7）旅居異地婚聯

異鄉尋蜜月　盛世結良緣

家鄉遠隔雲千里　客舍同歡月一輪
異鄉當思故鄉美　蜜月更覺歲月甜

燕侶雙棲何妨作客　蟾圓全美可免思鄉

國廈作新房孰道此生無此幸
江河孫縮帶我說客地多客情

（8）同學婚聯

同校同行同侶　知人知面知心

誠托肝膽同謀事　樂酬寒窗共枕盟
常憶窗前吟妙句　好談學友傳趣聞

相愛喜逢同讀伴　結婚恰是共耕人

共讀芸窗知天知地心心相印
同耕碧野振國興家事事皆宜

（9）夫婦同行婚聯

同學加同志　同伴又同行

互勵互學齊上進　相親相愛共爭榮

（10）夫婦同齡婚聯

雙林飛出同齡鳥　異姓結成百歲緣
同齡巧結同心偶　今世喜開並蒂蓮

（11）夫婦同姓婚聯

同姓巧遂同道侶　並肩喜結並頭梅
締佳偶原為一姓　結良緣更得同心

（12）父子同日婚聯

紅楷吐秀綻新蕊　老樹迎春發綠枝
父婚襯映兒婚喜　雛鳳相偕老鳳掀

（13）兄弟同日婚聯

伯仲同婚花獻彩　股肱共喜鳥添翎
窗前各敘柔情暖　堂上共尊長輩親

同胞今日齊成禮　妯娌此時共相親
雙聯炫彩爭誇口　同胞共懷建樹心

（14）婚壽同日用聯

父壽兒婚雙慶度　婆欣媳娶滿庭馨
兩小合歡紅玉錦　一堂壽慶白頭翁

當謝高朋來賀壽　更欣愚子既完婚
壽辰聯璧雙重喜　菽水承歡百世昌

（15）喪後新婚聯

吉期歡娶紅顏女　合巹倍思白髮親
完婚恨晚親無在　開宴未遲客復來

權展喜容迎客友　強開笑臉鬧花燭

喪後款嘉賓仍舊笑容滿面
吉期迎淑女依然喜氣盈門

（16）喬遷新婚聯

| 燕過喜門留好語 | 鶯遷喬木報佳音 |
| 新屋落成迎大喜 | 華堂設宴接鴻賓 |

| 此日新居迎巧婦 | 他年瑞氣伴卿雲 |
| 蓬門換舊迎佳女 | 陋室更新作洞房 |

10. 橫批

| 喜結秦晉 | 瑞靄藍田 | 鳳吉熊祥 | 喜鵲登枝 | 百年嘉偶 |
| 笙馨同諧 | 美滿婚姻 | 愛情永篤 | 比翼雙飛 | 佳偶天成 |

| 鵲橋歡渡 | 詩題紅葉 | 鳳凰來儀 | 喜事新辦 | 有鳳來儀 |
| 相敬如賓 | 白頭偕老 | 忠誠友愛 | 雲天比翼 | 鳳麟起舞 |

| 蘭馨一室 | 喜氣盈門 | 春光無限 | 團結互助 | 蓬門始開 |
| 瑞木交柯 | 文定厥祥 | 松柏常青 | 玉樹瓊枝 | 簫徹秦樓 |

| 應賦桃夭 | 奎璧聯輝 | 秦晉之聯 | 勝友如雲 | 蓮結同心 |
| 冰心潔意 | 芍結雙花 | 乾坤交泰 | 鳳翥鸞翔 | 建國齊家 |

| 常倫念篤 | 情重鴛鴦 | 西閣畫眉 | 梅柳迎春 | 喜事迭來 |
| 喜同登科 | 關雎樂事 | 金石之盟 | 梁孟高風 | 禮開奠雁 |

| 麟吐玉書 | 鳳祉麟祥 | 雀屏中目 | 合巹之喜 | 情同如水 |
| 珠聯璧合 | 天作之合 | 壯志同酬 | 龍鳳呈祥 | 琴瑟友之 |

| 禮尚平等 | 鴛鴦比翼 | 一門同賀 | 喜浴門廬 | 春暖璿閨 |
| 二南之美 | 鶯歌燕舞 | 椿萱含笑 | 金聲玉振 | 五福臨門 |

| 四喜同來 | 儀隆化育 | 百年偕老 | 鸞鳳和鳴 | 之子于歸 |
| 一門餘慶 | 一代風流 | 愛河永浴 | 心心相印 | 郎才女貌 |

婚姻自主　鳥樂同林　五世其昌　琴瑟永偕　良辰美景
花好月圓　互敬互愛　蓮開並蒂　戶拱三星　宜室宜家

志同道合　永偕伉儷　情同連理　永結同心　情深似海
新風蔚然　燕爾新婚　吉慶祺祥　桂馨蘭芳　青梅竹馬

琴劍知音　舉案齊眉　金屋同春　銀河雙渡　高朋賜駕
紫燕雙飛　海盟山誓　日月同輝　藍田種玉　椿萱開顏

月明金屋　丹桂生香　奉迓金蓮　如鼓琴瑟　東床袒腹
情長意重　魚尚比目　三星在戶　君子好逑　赤繩永結

第二篇

生育喜慶

一、生育請酒帖的寫法

在民間，無論生兒生女，在孩子滿月、百日、周歲等時，常常邀請親朋前來飲酒慶祝。請酒帖由家長發出。一般來說，請酒帖（請柬）的樣式有雙柬帖和單柬帖兩種；行文有橫排和直排兩種款式；措詞有古典和現代兩種寫法。

下面以單柬帖現代寫法舉例：

橫排寫法：

○○○先生：
　　本月○○日為小兒○○○出生滿月日，在本宅設薄
酒以示歡慶
　　恭候
光臨
　　　　　　　　　　　　　　　○○○　敬請
　　　　　　　　　　　　　　　○○○年○月○日

直排的請酒帖與橫排的寫法一樣，只是將橫排的字改為直排而已。

二、生育聯中常見詞語解釋

【弄璋、弄瓦】弄璋，指生下男孩子；弄瓦，指生下女孩子。《詩經·小雅·斯干》曰：「乃生男子，載寢之床。載衣之裳，載弄之璋。」「乃生女子，載寢之地。載衣之裼，載弄之瓦。」意思是說，如果生了男孩，就讓他睡在床上，給他穿華美的衣服，給他玩白玉璋；如果生的是女孩，就讓她睡在地上，把她包在繦褓裡，給她陶製的紡錘玩。

【熊羆】生兒子的吉祥語。語本《詩·小雅·斯干》：「大人占之，維熊維羆，男子之祥。」

【彌月】滿月。小孩出生滿一月要舉行滿月禮或稱彌月禮，主要風俗有：

1. 滿月酒：民間普遍流行的滿月禮風俗。此日，親朋好友帶禮物來道賀，主人設豐盛宴席款待，稱為滿月酒。

2. 剃胎髮：滿月時，為小孩第一次剪理頭髮，稱為剃胎髮。一般是請理髮匠上門，理完後給賞錢。小孩則著新衣。

3. 移窠：又叫移巢、滿月遊走等。民間風俗，嬰兒初生是不能隨便走動的，到了滿月時就可以了。此時，母親抱著嬰兒到別人房間中去，四處遊走，稱為移窠。

【周晬】周歲，也指小兒周歲時所舉辦的宴會。

【湯餅】有兩層含義：一是對自己置辦滿月酒席的謙稱；

二是有些地方民間確實有舉辦「湯餅會」的習俗，這裡的「湯餅」即湯煮麵條（因為做麵條時，先和成團壓成餅狀，然後擀成薄片或削成麵條，故稱湯餅）。

【百日（禮）】嬰兒出生一百日，為百日。百日要行百日禮，即舉辦百日酒。常見的習俗有：

1.穿「百家衣」：幼兒百日，民間風俗要給他穿百家衣。父母期望孩子健康成長，認為這需要托大家的福，托大家的福就要吃百家飯、穿百家衣。從各家取一塊布片，將布片拼合起來做成服裝也就成了百家衣。

2.戴長命鎖：長命鎖是掛在兒童脖子上的一種裝飾物，民間認為，只要佩掛上這種飾物，就能辟災去邪，「鎖」住生命。

【周歲（禮）】孩子出生一周年，為周歲。周歲要行周歲禮，即舉辦周歲酒。周歲禮最普遍的風俗是「抓周」。抓周，又叫「試兒」。宋·吳自牧《夢梁錄·育子》載：「其家羅列錦席於中堂，燒香秉燭，金銀七寶玩具、文房書籍、道釋經卷、秤尺刀剪、升斗戥子、彩緞花朵、官楮錢陌、女工針線、應用物件、並兒戲物，卻置得周小兒於中座，觀其先拈者何物，以為佳讖。」宋·孟元老《東京夢華錄·育子》謂此為「小孩之盛禮」。小孩不經意的一抓，引起大人浮想連翩，這一風俗極為普遍，至今仍然流行於民間，還出現了專為小兒抓周時使用的套裝禮器。

周歲那天，大門口要貼對聯，對聯常常用「周歲」二

字做首字，如：「周天放異彩，歲月育新苗。」 如果是男孩則橫批為「弄璋佳辰」或「設弧生辰」，如果是女孩橫批則為「弄瓦生辰」或「設悅佳辰」。

【長庚】太白金星。傳李白母夢長庚星而生產。

【英物】英俊人物。《晉書》：「生未期，而太原溫嶠見之⋯⋯曰：『真英物也！』」

【寧馨】晉、宋方言即為如此之意。現用於對孩子的贊詞。

【石麟】《陳書》：「徐陵孩提時，寶志上人摩其頂曰：『天上石麒麟也。』」現用於對孩子的贊詞。

【麟趾】比喻子孫昌盛。南朝齊·王融《三月三日曲水詩序》：「族茂麟趾，宗固磐石。」宋·蘇軾《賜彰化軍節度使開府儀同三司判大宗正事宗晟上表乞還職事不允詔》：「朕方慶瓜瓞之茂，而欲觀麟趾之應。」元·無名氏《抱妝盒》第三折：「天佑宋室，螽斯麟趾之慶，當必有期。」

【玉產藍田】古以藍田出產美玉，喻生好兒子。

【合浦】東漢時合浦郡產珠玉。

【瓜瓞】喻子孫蕃衍，相繼不絕。《詩·大雅·縣》：「縣縣瓜瓞，民之初生，自土沮漆。」朱熹：「大曰瓜，小曰瓞。瓜之近本初生常小，其蔓不絕，至末而後大也。」《北史·魏臨淮王彧傳》：「漢高不因瓜瓞之緒， 光武又無世及之德。」宋·蘇軾《賜判大宗正事宗晟上表乞還職事不允詔》之二：「朕方慶瓜瓞之茂，而欲觀麟趾之應。」明·吾丘

瑞《運甓記・琅琊就鎮》：「玉葉金枝瓜瓞永，封青社海岱稱雄。」《詩・大雅・綿》：「瓜瓞綿綿。」

【蘭蓀】原指菖蒲。一種香草。《文選・沈約・和謝宣城》：「昔賢侔時雨，今守馥蘭蓀。」劉良注：「蘭蓀，香草也。」宋・沈括《夢溪筆談・辨證一》：「香草之類，大率多異名，所謂蘭蓀，蓀即今菖蒲是也。」這裡指佳子弟。清・趙翼《西干故里示侄亮采寶士侄孫公蘭等》詩：「是我昔時初奮跡，瓣香能不望蘭蓀。」

【長庚】我國古代指傍晚出現在西方天空的金星。

三、生育喜慶聯精選

1. 通用生子賀聯

天上長庚降　人間英物啼
風和桃結子　日暖鳳生雛

瑞雲千里應　玉樹幾枝新
試聲初得桂　培德更征蘭

舞鶴銜芝至　祥麟吐玉來
寧馨珠共掌　有美玉成行

類我仍看佳子弟　承家克紹舊箕裘
風流南郡推花萼　膽藻東吳采杜蘇

赤水已奇珠特出　丹山偏異鳳聯飛
書林舊聚珠千匣　丹穴新看鳳一毛

昨夜遙聞大樂響　今朝同慶石麟生
庭前蘭吐芳春玉　掌上珠生子夜光

海上蟠桃多結子　月中仙桂喜長枝

佳氣盈門，倍添瑞靄　英聲載路，喜得寧馨
蕙草蘭林，門楣添喜　桑弧蓬矢，堂構增輝

竇桂王槐，門庭葉瑞　苟龍薛鳳，家世徵祥

滿室異香，○氏三槐親植　盈庭瑞靄，○家五桂聯芳

積德累仁，先世早培忠厚樹
鐘靈毓秀，後庭新發玉蘭芽

瑞世有祥麟，且為德門露頭角
丹山鳴威鳳，還從華閣炫文章

2. 四季生子賀聯

（1）春季

風暖蘭階花吐秀　春催竹院筍抽芽
淨地月明生秀草　芳階日暖長春芽

（2）夏季

瓜瓞遠綿微夏大　芝蘭新苗似春初

子種蓬房，池荷新苗　夢徵蘭葉，英物試啼

（3）秋季

川媚山輝藍玉朗　秋高月滿蚌珠生

月朗天高，桂宮結子　地靈人傑，嵩嶽降神

（4）冬季

爐前笑看獐書帖　梅下欣聽鶴和聲
庭前梅吐迎春蕊　掌上珠生照夜光

3. 通用生女賀聯

如花如玉　維虺維蛇
華門踵四美　甲第得千金

繞庭爭看臨風玉　照室更喜人掌珠
春來綠竹抱新筍　福至紅樓袖玉珠

睹貌自知非道韞　聞香早已識瑤英
慰情已喜顏如玉　溺愛更珍掌上珠

蘭質蕙心延美譽　椒花柳絮自奇才

四德已除，生女當如梧上鳳
千金不易，育兒都似掌中珠

4. 通用生孫賀聯

鳳毛誇濟美　燕翼善詒謀

瓜瓞詩賡綿世澤　梧桐春到長孫枝
月窟早培丹桂子　雲階新毓玉蘭蓀

華堂益壽開飴座　梓舍承歡進啐盤
君福應過范喬祖　家慶何讓子儀孫

桂子呈祥徵厚福　蘭蓀毓秀兆嘉祥
繞膝分甘王逸少　點頭示意郭汾陽

月窟秋高森桂子　雲台瑞應降龍孫

美濟鳳毛，蘭蓀苗秀　謀詒燕翼，瓜瓞綿長

夢葉熊羆，子夜燈花頻結蕊

譽推麒麟，蓀枝湯餅乍開宴

5. 通用生曾孫賀聯

一門繞五福　四代慶同堂

欣看喬木多餘蔭　喜見蘭蓀又茁芽
燕寢昔聞孫作父　鯉庭今見子添孫

美濟鳳毛，門多令子　謀詒燕翼，孫又添丁

四世喜同堂，螽斯衍慶　一門臻五福，燕翼詒謀

6. 通用生雙胞胎賀聯

異常飄九陌　餘慶衍雙珠

棠棣相偕開一蕊　塤箎齊奏發雙聲
玉種藍田收二璧　樹栽丹桂發雙葩

兩美偕生，祥開達適　雙胞競秀，譽邁郊祁
赤水已奇，兩株特出　丹山偏瑞，雙鳳來儀

第三篇

開業喜慶

《一、開業請柬的書寫格式》

公司、商店、飯店等企事業單位開業，常常邀請政要、社會賢達、朋友等人員參加慶祝，在書寫請柬時，一定要寫清楚開業的內容、時間、地點和邀請單位的名稱與個人的姓名（或職務）。

○○○處長：

　　茲定於○月○日上午○時，在○○市○○路○○號舉行○○○公司開業剪綵儀式

　　恭請

光臨

○○○公司

○○○○年○月○日

二、店鋪字號門匾

泰瑞　佳頌　萬軒　永樂　彤雲　集祥　瑞靄　久遠　悠恒
慶泰　澤義　瑞軒　旭昶　豐裕　恒昌　祥暉　嘉和　惠德

書馥　康寧　騰達　禎祺　積賢　茂豐　博遠　德和軒
迎祥居　豐昌寓　和致祥　梅馨齋　德和聚　德賢智

明達智　永福居　兆祥居　福其間　蘊智居　竹韻軒
潔雅迪　福韻樓　崇得軒　恒昌居　福瑞吉　福祿壽

順德居　萃茂芳　暢春苑　安且吉　滋盛宅　康盛傑
康泰福　祺福祥　吉迪惠　永綏百福　載福留吉

富吉安康　怡和發祥　祥靄盈庭　星耀旭昶　祥天福地
錦繡富貴　積秀凝瑞　碧宇生輝　呈祥斂福　雅韻逸風

萬福駢臻　集福凝瑞　薈吉萃祥　昌吉升和　蘊福潛祥
四季康樂　紫陽高照　延壽聚祥　和氣致祥　穆和嘉風

祥靄朝雲　紫氣東來　吉星懸宇　福祿禎祥　景福來駢
呈瑞煥彩　康寧裕逸　惠蘊久昌

三、開業賀幛語

財源廣進	生財有道	新張駿業	籌算無遺	福德篤厚
財阜得意	駿業順風	財運亨通	客邸延禧	諸務順懷
萬商雲集	榮業維新	周旋悉洽	商德昭世	商路暢達
萬事如意	青蚨萬貫	經商有方	如春生意	吉慶滿盈
文明經商	信譽通神	為民服務	貨財殖焉	福茂德隆
業崇財裕	駿業鼎新	開業大吉	四通八暢	門市吉慶
事業彌榮	泰祺雲集			

四、開業祝賀條幅的書寫與懸掛

　　開業祝賀條幅一般用長紅布寫白字組成。開業祝賀條幅文字醒目，既可以裝飾喜慶氣氛，又能發揮廣告宣傳作用。內容只寫一句賀語，如：「熱烈祝賀○○○○○隆重開業」，下面可以落款祝賀單位，大多因長度關係不寫開業單位，只寫祝賀單位名稱。條幅可以懸掛在開業單位的主樓上，也可以懸掛在大的氣球上。

五、開業喜慶聯精選

1. 開業通用聯

| 興隆大業 | 昌裕後人 | 禮貌待客 | 文明經商 |
| 萃集百里 | 豐盈八方 | 公平有德 | 和氣致祥 |

| 世傳駿業 | 新立鴻基 | 財源若海 | 顧客盈門 |
| 吉祥開業 | 大富啟源 | 公平交易 | 老少無欺 |

| 四面招財 | 八方進寶 | 生意興隆 | 財源亨通 |
| 大道生財 | 以義為利 | 陶朱事業 | 端木生涯 |

| 經商如意 | 開業吉祥 | 大展鴻圖 | 源遠流長 |
| 駿業肇興 | 大展經綸 | 駿業宏開 | 萬商雲集 |

| 大業開鵬舉 | 東風啟壯圖 | 雄心創大業 | 壯志寫春秋 |
| 開張迎喜報 | 舉步盡春光 | 凌霄揮巨手 | 立地起高樓 |

| 飛馳千里馬 | 更上一層樓 | 閉關非良策 | 開放架金橋 |
| 喜集八方貨 | 笑迎四海賓 | 開張迎賓客 | 經商集宏財 |

| 貨好門如市 | 心公客自來 | 誠招天下客 | 利從信中來 |
| 開業魚得水 | 擴店鳥逢春 | 物美昌銷路 | 價廉稱客心 |

| 大開日中市 | 廣招天下財 | 為四方顧客 | 立三尺櫃檯 |
| 通八方訊息 | 聚四海資財 | 多想生財道 | 廣開致富門 |

| 通商重信義 | 和眾得安康 | 開業逢盛世 | 發財在今朝 |
| 昌期開景運 | 泰象啟陽春 | 長春融德澤 | 餘慶衍財門 |

| 商業信譽重 | 店風逢春新 | 大德宏駿業 | 順風遇鴻毛 |

長征步向三春邁　偉業圖從四化描
起程雖是小天地　創業如同大文章

烏龍競舞振興志　新礦宏開奮起圖
乘風誓與鵬程路　興廠功高有志人

無限春光無限路　有為時代有為人
萬眾一心齊奮力　百舸千里競爭流

四化騰飛天永盛　千軍奮進業方興
一點公心平似水　十分生意穩如山

優惠酬賓喜逢慶　熱情待客盼再來
進店來人人滿意　出門去個個稱心

面面彩旗迎來客　聲聲爆竹賀開張
滿面春風迎客至　四時生意在人為

門面新張新駿業　店堂古雅展鵬程
文明經商心常樂　禮貌待客品自高

歡歡喜喜迎賓客　熱熱鬧鬧慶開張
貨有高低三等價　客無遠近一樣親

月滿一輪財源廣　桂香千里利路長
東無西有通無有　我需你求供需求

捷足先登廣招客　大道為國長進財
生意如同春意滿　財源更比水流長

經商信義堅如鐵　謀利毫釐薄似雲
開業有慶經營善　成業致祥貿易興

方與人便人稱便　　貨招客來客自來
經營有方爭富裕　　商業無恙樂興隆

宮燈盞盞賀店慶　　鞭炮聲聲慶進財
門市笑迎遠近客　　櫃檯喜納城鄉人

友以義交情可久　　財從公取利方長
三尺櫃檯傳暖意　　一張笑臉帶春風

道外有財毫不取　　義中生利自然多
喜待東西南北客　　樂談姐妹兄弟情

名牌譽滿三江水　　好貨能招四海賓
財源薄利多銷發　　店向春風曉日開

通商五洲盛待客　　開業三載大酬賓
商店朝陽連千戶　　櫃檯送春暖萬家

財憑滾滾如君意　　文明待人舒客心
百問不煩百拿不厭　　笑容常展笑口常開

大道同風財源並貿　　至我無公利益均沾
貨物齊全選挑不厭　　價錢公道老少無欺

春夏秋冬門庭若市　　東西南北賓至如歸
小店開張門盈百福　　大賓雲集戶納千祥

妙莫無私義中取義　　運籌有本道內生財
春滿櫃檯五光十色　　貨盈櫥架萬紫千紅

明月中秋滿店玉潔　　菊香四溢盈門金風
東購西銷調多補少　　南裝北運以有易無

店慶酬賓廣交天下士　貨真謝客益獲世間財
門前大道通八方利路　店後小溪納四面彩旗

眼觀六路分析市場變化　耳聽八方弄清百姓需求
有道經營貨備五湖四海　周全服務心懷萬戶千家

語似春風吹暖四方八面　心如爐火映紅萬戶千家
禮謙宜貿無論東南西北　應時便民當分春夏秋冬

經營有術不在店堂大與小　貿易無欺全憑貨物美又真
物美價廉顧客如雲爭購買　貨真質好來客似雨喜分銷

精美齊全銷春夏秋冬之貨　熱情周到迎東西南北之客
細語笑顏待客最需重禮貌　耐心誠意經商貴在講文明

貨好譽千家不愧誠中取利　樓高盈百尺常從微處便民
薄利多銷顧客盈門生意活　竭誠服務春風滿面熱情高

曉日騰雲財源恰似泉中水　春風送雨生意如同錦上花
文明經商丹心似火三冬暖　禮貌待客笑臉如春一店香

樹雄心創大業江山添錦繡　立壯志寫春秋日月耀光華

2. 商業開業聯

萬民便利　百貨流通　興隆大業　昌裕後人
升臨福地　祥集德門　萃集百貨　豐盈八方

鴻圖大展　裕業有孚　財源若海　顧客盈門
隆聲遠布　興業長新

同行增勁旅　商界躍新軍　開張添吉慶　啟步肇昌隆
利澤源頭水　生意錦上花　貨好門若市　心公客常來

財源通四海　生意暢三春　吉星欣在店　祥靄喜盈門
昌期開景運　泰象啟陽春　恒心有恆業　隆德享隆名

貨暢其流通四海　譽取於信達三江
迎八面春風志禧　祝十方新路昌隆

三江顧客盈門至　百貨稱心滿街春
財如曉日騰雲起　利似春潮帶雨來

五湖寄跡陶公業　四海交遊晏子風
文明經商生意好　禮貌待客顧客多

公平交易財源廣　合理經營利路長
貨有高低三等價　客無遠近一樣親

湖海交遊憑道義　市場貿易具經綸
貿易豈無德賢志　權衡須用公正心

經商不教陶朱富　買賣常存管鮑風
根深葉茂無疆業　源遠流長有道才

門迎曉日財源廣　戶納春風吉慶多

鳳律新調三陽開泰　鴻猶丕振四季享通
荷葉承雨財氣益盛　藕根連綿店門呈盈

氣爽天高經營伊始　日增月盛利益均紅
開業經營門庭若市　熱心服務寒月如春

顧客如川川流不息　生財有道道暢無窮
經之營之財恒足矣　悠也久也利莫大焉

門前大道通八方利路　店後小溪納四面財源

禮謙宜貿無論東南西北　應時便民當分春夏秋冬

奇貨任流通大地何論南北　商場盡發達中華不分東西
品類繁多傾注主人殷殷意　價格低廉吸攝顧客顆顆心

四面八方客來客往客不斷　十全九美貨進貨出貨無存
開張呈喜無邊春色融融樂　舉業有方不盡財源滾滾來

祝開門大吉喜看四方進寶　賀同道呈祥欣期八路來財
舉鵬程北匯南通千端稱意　祝新業東成西就萬事順心

生意通東西財源貫南北經營有道
新風送冬夏信譽奉春秋盈得多方

興旺發達文明待客生意溝通四海
繁榮昌盛禮貌經商財源融匯三江

3. 飲食業開業聯

生意如春意　新行勝舊行　盈門飛酒韻　開業會春風

滿面春風開業喜　應時生意在人為
看今日吉祥開業　待明朝大富啟源

公平有德財源廣　和氣致祥生意興
飯店興宏圖大展　人緣廣裕業有孚

開張笑納城鄉客　開業喜迎遠近賓
紅梅獻瑞祝新店　瑞雪擁祥賀啟門

色香味形多雅趣　烹調蒸煮俱清奇
生意興隆通四海　飯餚佳美譽三京

飯餚譽名三江水　信譽感召四海心
路旁小店都沿路　天下美餚譽滿天

待客人誠摯百倍　做生意信諾千金
飯店開業逢盛世　賀客盈門頌吉祥

唯求利若源頭水　但得財如錦上花
花發上林生意盛　鶯遷喬木好音多

善性經營多得利　良心交易廣生財
一川風月留人醉　百樣菜餚任客嘗

飯店新開楊柳岸　青簾高掛杏黃旗
美酒佳餚迎摯友　名樓雅座待高朋

四座了無塵世在　八窗都為酒人開
雅逸門庭茶逸雅　清真飯館菜真清

莫笑陽春供一飽　須知風味有三鮮

4. 文衛界開業聯

文壇生異彩　藝苑溢花芳
上沃群芳豔　國寧百藝生

雄心開偉業　妙墨繫春秋
大地文風布　長空墨氣存

欣文壇喜溢　看藝苑花榮
心聯四化業　筆繪九州春

風月有情常似舊　丹青妙處不可言
妙曲吹開百花豔　英姿舞得萬馬騰

大地山川生筆底　神州偉業出毫端
熒窗雖小觀今古　屏鏡呈方映乾坤

書畫詩詞歌大治　吹拉彈唱慶升平
藝苑花開添錦繡　文壇春暖布陽和

展望文山增智慧　挖掘遺產寫新篇
兩隻起死回生手　一顆安民濟世心

妙手兩肩擔道義　良醫三指續春秋
誓奉銀針開笑面　願將玉液護春暉

救死扶傷醫術高明精道業　勵精圖治國家昌盛燦春霞
沾禧露醫林勁旅千花競秀　迎春暉華夏藥壇百草生香

5. 教育界開業聯

傾一腔熱血　育百代英才
學燭炬氣概　效春蠶精神

園丁勵志栽桃李　伯樂誠心育英才
樂教梓楠同受範　喜看桃李廣成才

願作春泥滋嫩李　甘當人梯架金橋

新校始開全靠春風時雨潤　教壇肇慶盡催桃李梓楠新

慶新校改顏國旗招展騰騰氣
祝教園更貌院舍生輝振振歌

第四篇

建房喜慶

一、造房上樑、新居落成邀客請帖寫法

造房上樑及新居落成後，主人為了表示慶賀及感謝之情，常常邀請親朋好友、工匠、師傅等前來參加酒宴，酒宴舉辦前幾日就要發出這類請柬。

造房上樑請柬

午特設薄酒志慶　　右啟　　○○○敬上

○月○日新建陋舍升樑，即

○○○先生

新居落成請柬

敝舍新近落成謹於○月○日薄

酌候

光臨

弟○○○　敬約

二、造房上樑、新居落成喜慶聯精選

1. 造房上樑聯

豎千年柱　架萬代樑　吉星高照　福地呈祥

穩立擎天柱　高架創業樑　吉星照福地　紫氣繞新樑
肇啟文明運　宏開富實基　樑起戶聚瑞　瓦鋪門納祥

上樑欣逢黃道日　立柱巧遇紫微星
棟起祥雲連北斗　堂開瑞氣納春光

奠石自符大好日　安樑又際吉祥時
今日玉柱根基固　明朝新房喜慶多

旭日朝臨新氣象　吉星拱照大文章
鳴花炮聲聲道喜　起大樑步步登高

曾是昔年辛苦地　安得廣廈千萬間
畫棟倚雲光舊業　高門映日構新居

平安福地麗日輝棟　吉慶人家春風賀樑

大樑鼎起下臨福地上承日　鴻基奠成前有德鄰後靠山

2. 新居落成聯

祥雲繞棟宇　佳氣滿門庭　祥雲浮紫閣　喜氣溢華門
簷楹掛星斗　門第冠雲霄

家居綠水青山畔　人在春風和氣中
日照新居添錦繡　花栽園圃吐芬芳

日麗風和錦鋪院　　冬暖夏爽笑滿堂
向陽庭院風光好　　勤勞人家幸福多

新廈落成增瑞氣　　華門安居進財源
新屋落成千載盛　　陽光普照一家春

堂構初成十載業　　垣墉已築萬年基
一朝成就千秋業　　百代安居萬事興

高築樓臺先得月　　新栽花木自成春
門前綠水聲聲笑　　屋後青山步步春

新屋落成欣主賜　　高堂築就樂神恩
新屋落成三代喜　　全家和睦萬般興

紅日高照新居戶　　喜花常開幸福家
蘭室猶然仍舊址　　槐堂添喜慶新居

華構落成百歲計　　安居小築四時春
棟拂雲霞饒紫氣　　家傳儉樸靄春風

棟宇肇飛光梓里　　階除玉砌耀華堂
春到高樓添百福　　風吹新舍納千祥

三陽日照平安地　　五福星臨吉慶家
滿庭詩景飄紅葉　　五色雲華堆畫樑

仙源到眼掀紅浪　　福地從心聳翠巒
有福有壽勤儉戶　　無慮無憂康樂家

門對青山庭鋪錦繡　　屋臨綠水窗橫彩霞
甲第宏開美倫美奐　　新屋落成多福多壽

畫棟雕樑大啟其宇　竹苞松茂偉觀厥成
華構初成觀雲其吉　比鄰有德居之則安

新居煥彩盈門秀色　華構落成滿座春風

開百世宏圖蟠龍踞虎　啟千秋大廈起鳳騰蛟

長此安居便是三生有幸　雖非廣廈豈唯一木能支

日月煥恩光快睹盈門凝瑞氣
山川鐘靈秀貯眉奕葉啟人文

祥雲繞吉宅家承旺世添福祿
瑞藹盈芳庭人值華年增壽康

新居面對青山屏障天然定卜人財兩旺
甲第門朝綠水膏腴地質預占富貴雙全

第五篇

喬遷喜慶

天下對聯大全集

一、喬遷請柬的寫法

喬遷請柬與新居落成請柬格式一樣，只是內容上要體現喬遷宴請。如：

請　柬

○○○局長：

　　茲定於○月○日○時在○○○○舉行○○局喬遷慶祝儀式。

　　敬請
光臨

○○局謹訂
○月○日

慶賀酒宴設在○○飯店
地址：○○街○號

二、喬遷喜慶聯精選

1. 喬遷新居通用聯

鶯遷喬木　燕入高樓

鶯遷乃故里　燕賀即新居　移徙規模大　喬遷氣象新
華屋歡新卜　清風繼舊蹤　燕報重門喜　鶯歌大地春

松菊陶潛宅　詩書孟子鄰　遠山花作伴　近岸柳為城
眼中滄海小　衣上白雲多　蘭徑香風滿　松窗夜月圓

留雲籠竹葉　邀月伴梅花

還期出谷見喬木　且喜開門見遠山
移門欲就山為榻　遷戶敢將水作琴

滿座珠璣光舊胄　幾車書籍重新遷
地無寒舍春常在　居有芳鄰德不孤

里有仁風春色溥　家餘德澤吉星高
燕喜新居春正暖　鶯遷喬木日初長

小院更新承德政　闔家祝福話天倫
四合宅院花馨滿　五德人家笑語喧

移門欲就山當枕　遷居常將水作琴
旭日乍臨家室樂　和風初度物華新

鶯聲到此鳴金谷　麟趾於今步玉堂
門迎春夏秋冬福　戶納東西南北祥

紅日高照新居戶　喜花常開幸福家
遷居新逢吉祥日　安宅正遇如意春

門對青山千古看　家居旺地四時新
喬第喜遷新氣象　換門不改舊家風

慶喬遷闔家皆禧　居新宅世代永安
地無寒舍春常在　居有芳鄰德不孤

仁里鶯遷崇四美　新居燕喜慶三春

遷入新宅吉祥如意　搬進高樓福壽安康
喬遷喜天地人共喜　新居榮福祿壽全榮

吉日遷居萬事如意　良辰安宅百年遂心
喬遷喜天地人共喜　新居榮福祿壽全榮

吉日遷居萬事如意　良辰安宅百年遂心
家富人和順如流水　時言樂笑穆若清風

移取春風門栽桃李　蔚成大器材備棟樑
新居煥彩盈門秀色　華構落成滿座春風

一年種穀，十年種木　百萬買宅，千萬買鄰
喬木蔥蘢，良辰卜宅　鶯聲婉轉，吉日移居

唯德成鄰，鶯遷燕喜　以文會友，霞蔚雲蒸
已得高枝，不須鶴寄　新來喬木，大好鶯遷

移取春風，門栽桃李　蔚成大器，材備棟樑
華堂錦鄉江山添異彩　甲第祥和農戶樂重光

安居樂業喜慶喬遷樂　國隆家昌盛讚勤儉家

喜落成華構盈門秀色　慶喬遷新居滿屋春風

遷新居千門開抬頭見喜　創大業全家齊舉步生風
何必金屋玉堂方稱傑構　就此簡房寒舍便是安居

何須大廈高樓方稱舒適　就此青山綠水便好安居
何須玉宇瓊樓方稱傑構　只要道門義宅便可安居

小院四方幾度春風幾度雨　新房一座半藏農具半藏書
居卜德鄰人傑地靈覘瑞氣　宅遷仁里珠蘭玉桂兆奇英

興大廈建樂園景色如畫美　住新居創家業生活似蜜甜
燕喜新居迎得春風栽玉樹　鶯遷喬木蔚成大器建家園

畫棟連雲燕子重來應有異　笙歌遍地春光長駐不須歸
值升平華廈喬遷福祿滿堂　遇盛世新樓矗立紫陽高照

憑天時，創業正曆改革日　合地利，遷居又逢泰運時

春華秋實此處饒有農家樂趣
水抱山環其中別具園林風光

喬木好音多遠聞鶯遷金谷曉
上林春色早近看花報玉堂開

山河氣象果新奇到處鶯歌燕舞
棟宇規模真壯麗滿眼虎踞龍蟠

傑構地乃幽，水如碧玉山如黛
詩人居不俗，鳳有高梧鶴有松

山河發奇觀，竹苞松茂涉時秀
庭院凝瑞氣，桂馥蘭馨遍地安

喬木好音多，遠聞金谷鶯聲美
上林春色早，近看玉堂燕舞新

2. 春季喬遷聯

鶯遷喬木　燕賀新居　燕賀新禧　鶯歌陽春

上林春色早　喬木知音多　仁風春日照　德澤福星明
新春遷新宅　福地啟福門　春臨福宅地　福載善人家

鶯遷金谷曉　花報玉堂春　燕喜開新第　鶯遷囀上林
玳樑欣賀燕　喬木早鳴鶯

新屋落成逢新歲　春風送暖發春華
遷鶯燕賀參差集　芝草桃花爛漫春

日映階前森玉樹　鶯遷堂上茁蘭蓀
春風堂上新來燕　香雨庭前初種花

門前綠水聲聲笑　屋後青山步步春
燕築新巢春正暖　鶯遷喬木日初長

里有仁風春日照　家遷德里福星高
魚躍龍門三級浪　鶯遷花報一枝春

里有仁風春日永　家餘德澤福星明
遷居幸際吉祥日　安宅喜逢如意春

庭樹花開鶯聲送喜　階蘭秀茁燕翼貽謀
燕賀新巢雙棲畫棟　鶯遷喬木百囀上林

移取春風門栽桃李　蔚成大器材備棟樑

喬木好音多，佇聽鶯遷金谷滿
上林春色早，還看花報玉堂開

3. 夏季喬遷聯

鳳移金谷舞　荷放碧池新　御氣碧霄近　承恩夏雨新
夏屋歡新卜　清風繼舊蹤

夏屋新遷鶯出谷　華堂彩煥鳳棲梧
槐花落處生瑞氣　陽鳥啼時卜新居

日麗華堂，祥光四壁　雲連夏屋，瑞氣一門

4. 秋季喬遷聯

明月一輪滿　德鄰五福新　風移金谷屋　喬木好音多

堂凝喜氣雲追月　棟染秋香暖勝春
鶯遷喬木松流韻　月洗金天桂吐香

春華秋實盈庭麗　桂馥蘭馨易地榮

瑞獻桐階鳳凰來集　香飄桂苑蟾兔爭明
喬木陰濃遷徙鶯谷　瓊樓秋爽高向蟾宮

喬木蔭濃，鶯遷金谷　瓊樓氣爽，兔躍桂宮

七八月秋水生，喜新居，芝蘭室雅
五百里德星聚，選勝地，駟馬門高

5. 冬季喬遷聯

留雲籠竹葉　邀月伴梅花

歲寒三友添新友　和氣同春占早春
一片彩霞迎旭日　滿屋春訊慶新居

淑氣祥光移棟宇　瓊花玉樹植門庭

門對青山庭鋪瑞雪　屋臨綠水窗橫臘梅
晏平仲更諸爽塏者　范柏年居在廉讓間

笑語聲聲共慶喬遷喜　臘梅朵朵同妝進取樓

第六篇

其他喜慶

一、表彰慶功聯

花獻革新者　功昭創業人　業著光榮榜　花開報喜春

做貢獻青春燦爛　勇登攀事業輝煌
振興進取展鵬舉　改革創新縱馬騰

獎盃凝聚千鈞力　錦區匯融萬縷情
千聲頌樂歌功著　一卷宏圖舉業新

功高且把雲為鑒　譽重宜將嶺作師

改革湧新潮群龍戲水　振興揮壯志大浪催舟
巨龍崛起英雄興大業　華夏騰飛時勢造新人

偉業方興功頌英豪報國　宏圖大展名傳志士騁才
業績輝煌無愧英雄本色　鵬風浩蕩首推志士精神

壯志凌雲英雄奇跡驚天宇　凱歌動地時代新潮奏樂章

二、慶賀升學聯

升學闔院喜　啟步九天歡　十年學子苦　半世父兄恩

智慧源於勤奮　天才出自平凡
春色常昭志士　才華樂奉勤人

青春有志須勤奮　學業啟門報苦辛

自古風流歸志士　從來事業屬良賢
興華時有凌雲志　報國常懷赤子心

長江後浪推前浪　盛世前賢讓後賢
一年之計春為早　千里征程志在先

持身勿使丹心汙　立志但同鵬羽齊
苦經學海不知苦　勤上書山自恪勤

天下興亡肩頭重任　胸中韜略筆底風雲

書山高峻頑強自有通天路　學海遙深勤奮能尋探寶門
大本領人平素不獨特異處　有學識者終生難有滿足時

入學喜報飽浸學子千滴汗　開宴鹿鳴蕩漾恩師萬縷情

跬步啟風雷一籌大展登雲志
雄風驚日月十載自能弄海潮

三、慶賀畢業聯

三年獲麟角　千里騁龍文

驥足歷程看異日　龍門發軔在今朝

業精於勤，儲材待用　名副其實，有志競成
科術精研，學成待用　古今融會，日進無疆

蛾術時修，名揚學界　鵬程正遠，望重儒林
萬里程途，由跬步始　百年學問，積寸陰成

登高必自卑，莫以小成拋遠志
壯行基幼學，會看來日展宏猷

優級初升，喜稱百尺竿頭進步
妙年得意，還祝九霄雲路先登

發軔自龍門，此日推校中翹楚
出群誇驥足，他年展天下奇才

德智體兼修，有志竟成，考績允推同學冠
階堂室漸入，乘時致用，通才早植棟樑基

為學譬登山，拾級中途，會見摶風凌絕頂
設科似觀海，潛心深造，預期破浪得津涯

四、校慶聯

桃李滿天下　梓楠遍五洲　教壇千古業　桃李一園春
校園迎雋秀　桃李向陽紅　訊傳連四海　校慶匯三江

灑下園丁千滴汗　贏來桃李一堂春
春催桃李遍天下　雨潤棟樑暨九州

花枝競秀須雨露　桃李爭榮靠園丁
竹筍破土傲霜雪　松木參天作棟樑

園中桃李年年豔　國廈棟樑節節高
園丁辛苦一堂秀　桃李成材四海春

看今日育李栽桃結碩果　待明朝生光拔萃盡英才

豪傑挺生敢教梓楠成大棟　英才樂育欣期學子步青雲

五、廠慶聯

慶典一堂喜　花開四化榮

改革春風催勁羽　振興喜慶鼓鵬程
憶昔坎坷興業路　撫今昌盛換新天

青山萬里春光催　盛廠千軍氣勢雄
四化騰飛邦永固　千軍奮進廠向榮

翻天覆地山河壯　革故鼎新日月明
百年大計開新舉　萬里長征振虎風

一代風流矯健步伐奔四化　千軍虎奮浩蕩英姿建奇功
樹雄心創大業與江山共秀　立壯志寫春秋共日月同輝

六、會慶聯

數年風雨發花盛　幾載炎涼舉業新
文壇鳥唱和衷曲　協會雲擁藝術家

志趣偕流尋共路　世緣相結樂同春
幾載炎涼酬夙願　千般苦樂寄此門

朝鳳有緣鳴百鳥　向陽結誼放千枝

友誼長存並肩攜手　同仁共奮合力貼心

一籌興勁旅輝煌業績　數載起宏圖浩蕩春風
喜會慶合歡一堂濟濟　看人和共頌百感綿綿

創新興事業耀今爍古　舉曠代英才繼往開來
攜手開華夏千秋大業　並肩展神州萬古雄才

七、刊慶聯

刊花滋雨開三載　喜訊乘風上九天
一紙新聞孚眾望　千秋大業記征程

日載萬言無積稿　風行四海盡新聞

藝苑奇葩爭芳鬥豔　文壇妙筆推陳出新
指點江山春光滿目　激揚文字彩筆生花

一籌啟邸林盡載時情哲趣　五載匯濤聲每披奇事新聞

八、路慶聯

車載十年慶　路伸萬里程　千車連萬戶　一線貫九州

千里路朝行夕至　萬方情北匯南融
通衢別辟不毛地　大道偏鍾邊遠城

萬里路程如同經緯　九州脈絡格外分明

復蹈舊轍並非復舊　創開新路才是創新

玉帶繫青山千回百轉　鐵軌穿險澗六順八達
路穿萬水千山暢通無阻　車過十州百縣縮地有方

第七篇

喪葬哀挽

一、訃告的寫法

訃告，又叫「訃聞」，「訃」原指報喪的意思，「告」是讓人知曉，訃告就是告知某人去世消息的一種喪葬應用文體。它是死者所屬單位組織的治喪委員會或者家屬向其親友、同事、社會公眾報告某人去世消息的文體。

訃告要在向遺體告別儀式之前發出，以便讓死者的親朋好友和同事及時做好必要的安排和準備，如準備花圈、輓聯等。訃告可以張貼於死者的工作單位或者住宅門口，如果是較有影響的人物去世，還可登報或通過大眾媒體向社會發出，以便使訃告的內容迅速廣泛地告知社會。按傳統習慣，寫訃告只能用黃、白兩種紙。一般情況，長輩之喪用白色紙，幼輩之喪用黃色紙。訃告的語言要求簡明、嚴肅、鄭重，以體現對死者的哀悼。

內容應由以下五個方面組成：

1. 在第一行的中間寫「訃告」二字，也有的在訃告前冠以死者的姓名，如「○○○訃告」。字體略大於下面正文的字。

2. 寫明死者的姓名、身分、因何逝世、逝世的日期、地點、終年歲數。「終年」也有的寫為「享年」。「享年」一般用於自己的長輩或人們所敬重的長者。「終年」的用法較廣，不帶有感情色彩。

3. 簡介死者生平或發表死者的遺囑。有沒有這一部分都可以。

4. 通知弔唁、開追悼會的時間和地點。

5. 署名發訃告的個人或單位的名稱，以及發訃告的時間。例：

訃 告

　　魯迅（周樹人）先生於一九三六年十月十九日上午五時二十五分病卒於上海寓所，享年五十六歲。即日移置萬國殯儀館，由二十日上午十時至下午五時為各界瞻仰遺容時間。依先生遺言「不得因為喪事收受任何人的一文錢。」除祭奠和表示哀悼的輓詞、花圈等以外，謝絕一切金錢上的贈送。謹此訃聞。

　　　　　　　　　　　　　　魯迅先生治喪委員會
　　　　　　　　　　　　　　○○○○年○月○日

✿ 二、花圈輓帶的寫法 ✿

　　治喪花圈的兩側各有一條輓帶。右邊的輓帶應向上頂格豎寫，語句多為「○○先生（女士）千古」「○○老人永垂不朽」「沉痛悼念○○先生（女士）」「○○先生（女士）永別」等。左邊的輓帶應寫落款，即寫送花圈的單位、團體或個人「○○敬輓」，從中段寫起，末字靠底線，同樣需要豎寫。花圈的中央要寫一個大字「奠」或「悼」。

三、祭幛的寫法

祭幛，又稱輓幛。為了懸掛方便，祭幛有橫寫和豎寫兩種格式。祭幛的書寫內容由三部分構成：

1. 死者姓名加頌詞稱呼。橫寫頂左上邊，豎寫頂上頭。

2. 祭幛語。可寫四字祭幛語，也可以寫輓聯。字句要一致，輓聯則兩頭對稱。

3. 落款。寫送幛人的姓名加身分稱呼和悼詞，如果送幛人與死者為同姓親屬，那麼落款只署名，不寫姓。落款末字橫寫祭幛頂右下邊，豎寫頂下頭。

橫寫祭幛，從上向下寫；豎寫祭幛，從右向左寫。

輓男女晚輩

亡侄元傑

遂成永訣

叔柄生哀輓

輓男女前輩　　　　　　　　　　輓平輩男女

```
沉痛哀悼　雲高大人（先生）
鞠躬盡瘁　珠英孺人（女士）
台北下世印世昌　　逝世
　　　　　　　哀輓

德望王公先哲　大人
大　　老　　千古
淑德林母秀娥　孺人
承命下愚婿王思甯夫婦　敬輓
```

1. 通用祭幛語

與世長辭　可歌可泣　壽老歸真　悲作古人　福壽全歸
沉痛哀悼　清白一世　德音長流　如生如存　德高望重

永垂不朽　駕鶴歸仙　逍遙碧落　笑貌長存　寄託哀思
勤勞一世　功德無量　流芳百世　恩深似海　音容宛在

暢其天遊　急奔南海　重如泰山　悲淚如泉　革命一生
遺志永昭　萬世流芳　流芳千古　音容已杳　神赴仙島

頓赴仙拜　生榮死哀　悲切心喪　良操美德　教誨難忘
風範猶在

2. 輓男祭幛語

音容宛在　名遠德高　哲人其萎　大雅云亡　良操美德

殿圯靈光　英靈隨鶴　仙馭難回　清白一世　鶴駕西天

老成凋謝　高風亮節　抱痛庾樓　典型尚在　雅範霽光
光儀萬斛　驂鸞騰天　名垂千古　遺志永昭

3. 輓女祭幛語

寶婺西沉　慈竹風寒　駕返瑤池　陶孟遺型　巾幗英豪
女宗共仰　慈雲安仰　聲容猶在　懿儀常存　冬梅早殞

瓊樓月缺　瑤池赴宴　芳微足留　丹桂香存　寶婺星沉
芙蓉夏謝　萱帷月冷　佩響雲端　賢妻良母　慈惠遺聲

慈顏永存　淑德一生　美德遺風　母儀千古

四、輓聯精選

輓聯是哀悼死者，治喪祭祀時專用的對聯。除了一般對聯的格式要求之外，最突出的特點是：情動於衷而形於言。

輓聯常視死者的不同身分撰寫。可以評價死者的功績，頌揚死者的精神和情操，言簡意賅，一語千鈞，既讓人產生敬佩之情，又使人不禁哀痛流淚。

1. 通用輓聯

嚴顏已逝　風木與悲　花落水流　蘭摧玉折
音容已杳　口澤猶存　留芳百世　遺愛千秋

精神不死　風範永存

一世行好事　千古流芳名　天不遺一老　人已是千秋
門外奠雲聚　堂中悼念多　戶聽淒風冷　樓空苦雨寒

壽終德望在　身去音容存　雨灑天流淚　風號地哭聲
高風傳鄉里　亮節昭後人　哭靈心欲碎　彈淚眼將枯

素心懸夜月　高義薄秋雲　痛心傷永逝　揮淚憶深情

直道至今猶在　清名終古常留

一心為民似火紅　九泉含笑眾山青
想見音容空有淚　欲聞教訓杳無聲

魂歸九天悲夜月　芳流三秦憶春風
魂游水底波濤壯　名在人間草木香

巍巍秦嶺仰德教　滔滔渭水動悲哀
一世辛勤範式鄉里　終生節儉澤留村鄰

大道為公徒存手澤　因材而教頓失心傳
為人正直畢生無愧　辦事公道浩氣常存

未弭前思頓成永別　追錄笑緒皆為悲端
名垂宇宙音容宛在　功著神州德澤永在

君子終日朝乾夕惕　先生之風山高水長
往事昭昭長傳宇內　精忠耿耿猶在人間

福壽全歸音容宛在　齒德兼隆名望常昭
慈心待人人盡懷念　良方濟世世留芳名

時事傷心風號鶴唳人何處　哀情慘目月落烏啼霜滿天
高誼難酬風雨雞聲偏結憾　幽思莫解屋樑月色愈關情

夢斷北堂春雨梨花千古恨　機懸東壁秋風桐葉一天愁

無緣話永訣知音來時淚泣血
有期解相思蒼鳥啼處夢傳神

雲路仰天高誰使雁行分隻影
風亭悲月涼忍教荊樹悲連枝

此意竟蕭條幸有高文垂宇宙
一生何落寞未酬壯志在江湖

明月不長圓，過了中秋終是缺
高風安可仰，如何一別再難逢

斯人豈與俗同意倦便騰雲表去
唯吾不謂公死夜闌猶想夢中來

公歿猶存在天為日星在地為河嶽
我生憾晚深未見江漢高未見華嵩

為人謙虛和藹奇才多藝囊時執教譽滿桑梓
平日德高望重謹言慎行今日永訣泣不成聲

（1）輓男聯

音容宛在　笑貌長存　淚傾太嶽　痛斷黃泉
秋風鶴唳　夜月鵑啼　名流千古　光啟後人

音容在目　浩氣凌空　名留後世　德及梓里
悲歌動氣　哀樂驚天　光明正大　磊落清白

前世典範　後人楷模

天不留耆舊　人皆惜老成　蒼松長聳翠　古柏永垂青
美名留千古　忠魂上九霄　一生行好事　千古流芳名

壽終德望在　身去音容存　高風傳鄉里　亮節昭後人
痛心傷永逝　揮淚憶深情　丹心昭日月　剛正泣河山

提耳言猶在　捫心齒欲寒　天不遺一老　人已是千秋

一世正直無邪　終生勤勞有為
青山永志芳德　綠水長吟雅風

悲聲難挽流雲住　哭音相隨野鶴飛
一曲衷腸淒風悲　滿腔血淚寒天哀

流水夕陽千古恨　暮雲春樹一天愁
人間未遂青雲志　天上先成白玉樓

綠水青山常送月　碧雲紅樹不勝悲
明月清風懷舊宇　殘山剩水讀遺書

情深風木終天慟　淚點寒梅觸景思
事業已歸前輩錄　典型留與後人模

不作風波於世上　別有天地非人間
白骨未入三尺土　忠魂已上九重天

彷彿音容猶如夢　依稀笑語痛傷心
九原有淚流知己　萬戶同聲哭善人

等閒暫別猶驚夢　此後何緣再晤言
志同松柏清同竹　言可經綸行可師

魂遊水底波瀾壯　名在人間草木香
風淒暝色愁楊柳　月吊宵聲哭杜鵑

椿影已隨殘月去　桂香猶逐好風來
想見音容空有淚　欲聞教訓杳無聲

良操美德千秋在　高風亮節萬古存
美德長與乾坤在　英名永同天地存

淚添九曲黃河溢　恨壓三峰華嶽低
空樑月冷人千古　華表魂歸鶴一聲

月霽風光人共仰　山頹木朽天增愁
新界潮流摧砥柱　老成風度邈雲山

一世精神歸華表　滿堂血淚飛雲天
桃花流水杳然去　明月清風何處尋

公去大名留史冊　我來何處別音容
三更月冷鵑猶泣　萬里雲空鶴自飛

椿形已隨雲氣散　鶴聲猶帶月光寒
扶桑此日騎鯨去　華表何年化鶴來

月階夜靜蛩聲切　竹院秋音鶴夢涼
龍隱海天雲萬里　鶴歸華表月三更

大雅云亡樑木壞　老成凋謝泰山頹
騎鯨去後行雲黯　化鶴歸來霽月寒

平生風義兼師友　來世因緣結弟兄
千里弔君唯有淚　十年知己不因文

明月清風懷入夢　殘山餘水讀遺詩
人間未遂青去志　天上先成白玉樓

白馬素車愁入夢　青天碧海悵招魂
盡堪模範端人品　不可銷磨壽世書

地下又添高士伴　生前猶當古人看
江管春歸花不發　周窗雨冷青空青

扶桑此日騎鯨去　華表何年化鶴來
直道至今猶可指　舊遊何處不堪思

流水夕陽千古恨　　淒風苦雨百年愁
素車有客悲元伯　　絕調無人繼廣陵

著作等身身不死　　孔孫維業業長存
等閒暫別猶驚夢　　此後何緣再晤言

鶴駕已隨雲影杳　　鵑聲猶帶月光寒
人到蓋棺方堪定論　　我將碎琴以報知音

大雅云亡斯文遂絕　　哲人其萎吾道已窮
福壽全歸音容宛在　　齒德兼隆名望常昭

為人正直畢生無愧　　辦事公道浩氣常存
海闊天空忽悲西去　　烏啼月落猶望南歸

客燕思歸悲添秋土　　賓鴻儀斷夢杳仙鄉
未報前恩頓成永別　　追尋遺緒皆為悲端

菊徑荒涼道山遽返　　蓉城縹緲仙駕難回
著作名山與天同壽　　感傷逝水厭世長辭

君子終日朝乾夕惕　　先生之風山高水長
大雅云之風淒紫陌　　哲人其萎雨泣青郊

巍巍青山永志芳德　　涓涓綠水長吟雅風
美德堪稱吾輩典範　　遺訓長昭後世子孫

夢斷庚星韜光匿彩　　心傷子夜返璞歸真
海闊天空忽悲西去　　烏啼月落猶望現歸

黑暗遙天玉樓待記　　雲迷滄海金闕修文
未弭前思頓成永別　　追尋笑緒皆為悲端

勤勞本質兒孫永記　革命家風世代不忘
煙徑雲迷風淒翠柳　石階露冷雨泣黃花

南極星殘徒陳椒酒　華堂日淡空進桃湯

世事歎無常空留小榻　音容渺何處悵望人琴
古稱鄉先生可祭於社　傳言明德後必有達人

勤勞美德願兒孫永繼　簡樸家風望後代長傳
生前忠節似松湊霜雪　死後高風如水照青天

群山披素玉梅含孝意　諸水鳴悲楊柳動傷情
驚聞霹靂哀歌動大地　敬承遺志鐵誓震長久

功勳蓋世為舉家同悼　精神不殞與事業長存
契合擬金蘭情懷舊雨　飄零悲玉樹淚灑西風

風慘雲淒對青燈而自苦　山頹木壞痛絳帳之空懸
敦厚可風實為前輩表率　和謙共仰堪作後人典型

多少人痛悼斯人難再得　千百世最傷此世不重來
生前教育子女忠誠黨業　臨終囑咐兒孫攀登高峰

勤勞終生足甚兒孫表率　忠厚畢世實乃鄰里楷模

月照寒楓空谷深山徒泣淚　霜封宿草素車白馬更傷情
公未讀古書言行動合於古　誰能測天命生死順受其天

音容宛在勤奮一生傳佳話　神魂離去芳名百世著清風
碧海潮空此日扶桑龍化去　黃山月冷何時華表鶴歸來

齒德俱尊猶執謙恭敦族誼　形神雖逝尚留清白著鄉評
五洲共仰移山填海翻天手　舉國同悲盡瘁竭忠開路人

雲鶴失聲一片鮮花凝血淚　寒松有節千秋碧色凜冰霜
高誼難酬風雨難聲偏結憾　幽思莫解屋樑月色愈送情

規律難違自古誰能千年壽　勤奮永繼後人景仰一世功
壽越八旬睦鄰美德留遺範　時逢九月秋風黃菊黷靈旗

駕鶴難回終隔雲山家萬里　猿腸易斷那堪風雨月三更

掛劍若為情黃菊花開人去後
思君在何處白楊秋淨月明時

道其猶龍乎劍水雲橫嗟來渺
翁今化鶴矣花庭月暗恨歸遲

月照寒楓，空谷深山徒泣淚
霜封宿草，素車白馬更傷情

煙雨淒寞，萬里名花凝血淚
音容寂寞，清溪流水是哀聲

滄海慨橫流，跨鶴空山歸上界
少微驚隱曜，啼鵑清夜哭先生

善且熏其鄉君子終日朝乾夕惕
沒而祭於社先生之風山高水長

以服務人民為懷不惜殫勞一世
得盡瘁鞠躬而死尚留功績千秋

樽酒昔言歡，燭剪西窗猶憶風姿磊落
人琴今已杳，梅殘東閣只餘月影橫斜

君乃勇於義者為公益關心終歲勞人草草

文固無如命也竟清貧沒世當今天道茫茫

讀書經世即真儒遑問他一座名山千秋竹簡
學佛成仙皆幻想終須有五湖明月萬樹梅花

齒德僉推尊，月旦有評，慈惠常留眾口頌
斗山今安仰，風流長往，典型堪作後人師

（2）輓女聯

情懷舊雨　淚灑淒涼　梅含孝意　柳動傷情
燭剪西窗　梅殘東閣　花凝淚痕　水放悲聲

慈顏已逝　風木與悲　蘭摧玉折　花落水流
壽終內寢　鶴駕西天　音容宛在　懿德長存

女星沉寶婺　仙駕返瑤池　白雲懸影望　烏鳥切遐思
淑德標彤史　芳蹤依白雲　名標彤史範　望斷白雲鄉

柳絮因風起　梨花逐水流　落花春已去　殘月夜難圓
畫荻蹤難覓　扶桐淚欲傾　鳥因腸斷哀　花為春寒泣

悼念不聞親教誨　情懷仍憶舊音容
竹林風月誰相賞　蘭桂庭階我獨悲

梨花院落溶溶月　柳絮池塘淡淡風
蝶化竟成辭世夢　鶴鳴猶作步虛聲

綺閣當風空有影　晚萱經雨不留芳
畫堂省識春風面　環佩空歸月夜魂

慈竹霜寒丹鳳集　桐花香萎白雲懸
母儀足式輝彤管　婺宿雲沉寂繡幃

花落萱幃春去早　　光寒婺宿夜來沉
寶瑟無聲弦柱絕　　瑤台有月鏡奩空

綺閣風淒傷鶴唳　　瑤階月冷泣鵑啼
溫恭允著閨中則　　淑慎堪傳閫內師

慈竹臨風空有影　　晚萱經雨不留香
蝶化竟成辭世夢　　鶴鳴猶作步虛聲

懿範永垂家國史　　慈音猶繞子孫行
懿德傳諸鄉里日　　賢慈報在子孫身

案積芸香存手澤　　庭餘芝草見心田
夕間北堂瞻淑範　　卻從南國紀徽音

靜夜烏啼悲月色　　長年雞警付花生
朱牆碧瓦歸仙駕　　象服魚軒想母儀

惠質蘭資歸閬宛　　瓊林玉樹繞階庭
椿樹哀朽長棄世　　萱花凋謝恨終年

花落胭脂春去早　　魂銷錦帳夢來驚
魂歸九天悲夜月　　芳流百代憶春風

看山興悲愁碧漢　　望雲垂淚染丹楓
梅吐玉容含孝意　　柳拖金色動哀情

忽報風淒三楚地　　怕看雲黯半邊天
寶瑟無聲弦柱絕　　瑤台有月鏡整空

西竺蓮翻雲影淡　　北堂萱萎月光寒
豐骨直超雙鶴上　　語言猶存五雲中

蓬門日影高軒過　蒿里歌聲白馬來
徑掃丹楓皆喪禮　門臨白馬盡佳賓

慈竹霜寒丹鳳集　桐花香萎白雲懸
雨飄翠竹垂紅淚　雲壓青松帶素冠

倚門人去三更月　泣杖兒悲五夜寒
冰霜高潔傳幽德　圭璧清華表後賢

春江桃葉鶯啼濕　夜雨梅花蝶夢寒
幽蘭仍覺遺風在　宿草何曾潤雨乾

身似芳蘭從此逝　心如皓月幾時歸
彤管自應標淑德　萱幃長此仰徽音

鶴馭瑤台秋月冷　鵑啼玉砌隴雲飛
椿影隨鶴西去早　嫠星掠空光追先

芳草清幽香滿院　淒風苦雨哀盈門
懿範永垂國家史　慈容猶繞子孫行

欲看山水存秋菊　長留清白在人間
風凋綿樹紅與血　月照寒林白似霜

掃榻飛煙驚化鶴　捲簾留月覓歸魂
畫地曾傳賢母荻　引刀誰斷教兒機

身歸閬苑丹丘上　神在光風霽月中
白馬素車揮別淚　青天碧海寄離言

菽水無歡喜自去　夜台有情月仍寒
情凝雪片皆飛白　淚灑楓林盡染紅

懿德難忘流痛淚　慈恩未報繞愁腸
懿德合應傳後世　遺型從此望前賢

慈竹當風空有影　晚萱經雨不留芳
瑤池舊有青鸞舞　繡幕今看白鶴翔

荊花樹上知春冷　萱草堂中不樂年
香宵夜月梅花寂　韻冷蒼天鶴夢寒

了無遺恨留閨閣　自有餘徽裕後昆

巍巍青山永志芳德　涓涓流水長吟雅風
懿範美德千秋永在　高風亮節萬古長存

湘水曲終蓮山路杳　妝台塵掩皓月雲封
壺範垂型賢推巾幗　婺星匿彩駕返蓬萊

白雲居空悠然而盡　黃葉滿地淒其以悲
彤管芬揚久欽懿範　繡幃香冷空仰徽音

繡閣花殘悲隨鶴唳　妝台月冷夢覺鵑啼
胸有紺珠賢推巾幗　星沉寶婺悲切絲羅

綺閣風寒傷心鶴唳　蘭階月冷泣血萱花

鶴馭返瑤池慈容縹緲　天星沉寶婺閫範流傳
生前貞潔似松凌霜雪　死後高風如水照青天

壺範咸欽一夕瑤池返駕　坤儀足式千秋彤管流芳

青鳥傳來王母歸時鸞閣冷　玉簫聲斷奏娥去後鳳台空
時事傷心風號鶴唳人何在　哀情慘目月落烏啼霜滿天

夢斷北堂春雨梨花千古恨　機懸東壁秋風桐葉一天愁
青鳥傳來王母歸時環佩冷　玉簫聲斷秦娥去後鳳樓空

碧海潮空此日扶桑龍化去　黃山月冷何時華表鶴歸來

泣杖子淒其中夜慈烏三鼓月
斷機人遠去北堂萱草五更霜

夜景寫淒清滿院寒風聲倍慘
雲容歸縹緲空庭落月痛何如

家有詩仙惜到處名山未能偕隱
身常禮佛常往生淨域確有明徵

相夫輓鹿課子丸熊淑德早標彤史範
佛座拈花慈闈摧竹仙縱空溯白雲鄉

仙去難留望三晉雲山德曜未償偕隱願
神傷已甚悵一官露冕安仁更賦悼亡詩

憶蟠桃熟時生來多子多孫競秀階前承膝下
悟木稚香後此去成仙成佛樂應天上勝人間

2. 輓英雄、模範、烈士聯

生為人傑　死作鬼雄　忠魂不泯　浩氣長存
出生入死　雖死猶生　千秋忠烈　百世遺芳

為國捐軀　成仁取義　生無媚骨　死留芳名
恩澤四海　功高九天

英名垂千古　丹心照汗青　憂國身先殉　遊仙夢不回
英靈昭日月　肝膽映山河　丹心昭日月　正氣壯河山

鐵肩擔道義　熱血薦軒轅　光輝齊日月　身影耀河山
殺敵在前方　英名留後世　魂魄托日月　肝膽映河山

正氣留千古　丹心照萬年

化悲痛為力量　繼遺志寫春秋
先烈精神永在　英靈浩氣長存

一世正直無私　終身勤勞有為

江河大地存忠骨　哀淚悲歌悼英靈
先烈精神千秋在　英靈浩氣萬古存

英靈已作蓬萊客　德範猶熏後來人
雄風赫赫千秋頌　偉績昭昭萬代傳

南征北戰功不朽　春去秋來名永存
只有父母恩嬌子　從無人民忘功臣

一心為公似火熱　九泉含笑眾山青
黃土一抔埋忠骨　心香三瓣弔雄魂

馬革裹屍烈士志　捷報傳家父母心
未酬壯志身先死　留取丹心照汗青

星斗芒寒烈士墓　風雷靈護英雄碑
已有豐功垂青史　猶存大節譽人民

青山有幸埋忠骨　戰士無敵報國仇
生經白刃頭方貴　死葬紅花骨亦香

繼承前輩革命傳統　發揚先烈愛國精神
捨己為人當仁不讓　赴湯蹈火見義勇為

功著神州音容宛在　名垂青史恩澤長存

青山巍巍英名不朽　綠水淙淙精神長存
恣範美德千秋永在　高風亮節萬古長存

奮鬥為人民精神不死　光榮留青史烈士永垂
功勳蓋世為天下同悼　精神不死與事業長存

以革命名義回憶過去　繼烈士精神創造未來
大功垂宇宙鞠躬革命　訃電震環球舉國傷心

青山綠水長留生前浩氣　翠柏蒼松堪慰逝後英靈
日月行天忠烈芳留百世　江河流地英雄功存千秋

捐軀獻身浩氣長留環宇　捨生取義英靈含笑蒼穹

忠魂不泯熱血一腔化春雨　大義凜然壯志千秋泣鬼神
保衛祖國視死如歸最豪壯　氣壯山河捨生不顧真英雄

嘔心瀝血革命精神足堪效　先人後己崇高品質誠可欽
功同日月先烈英名垂青史　譽滿山河英雄遺志展宏圖

驚回首，偉業豐功垂宇宙　抬望眼，高風亮節勖人民
日月行天，忠魂芳留百世　江河流地，英雄功存千秋

天上大星沉萬里雲山同慘澹
人間寒雨送三軍笳鼓共悲哀

死為鬼雄，笑強虜灰飛煙滅
魂掀怒浪，看大江雲亂石崩

天若有情，應壽百年於俊傑
人誰不死，獨將千古讓英雄

碧血灑邊陲，青山埋忠骨，忠誠兒女忠誠志
丹心衛祖國，翠柏伴英魂，英雄時代英雄人

3. 夫妻輓聯

（1）輓妻聯

春風閒楚管　明月斷秦簫　落花春已去　殘月夜難圓
窗竹鳴秋雨　床琴斷夜弦

夢遊蝴蝶飛雙影　血淚杜鵑泣孤身
春江桃葉鶯啼濕　夜雨梅花蝶夢寒

寶琴無聲弦折斷　瑤台有月鏡奩空
雲深竹徑樽猶在　雪壓芝田夢不回

南極無輝寒北斗　西風失望痛東人
每思田園共笑語　難禁空房悲淚流

淚殘秋雨遺羅衫　腸斷春風殞玉嬌

終年辛勞，衣食無雙，以致累君貧到老
頓時醒悟，合計一番，自然先我死為佳

最憐兒女無知，猶自枕畔嬌啼，問阿母重歸何日
但願蒼穹有眼，補此人間缺憾，許良緣再結來生

釵逐燕飛，影分鸞鳳悲菱鏡，梭停龍化，塵染鴛鴦廢錦機
負我多情，空抱鴛鴦偕老願，祝卿再世，重尋鶼鰈未完盟

（2）輓夫聯

花為春寒泣　鳥因腸斷哀

碧水青山誰作主　落花遺孀總傷情
鷺飛鏡裡悲孤影　鳳立釵頭歎隻身

燕陣殘斜孤月冷　簫聲吹斷白雲愁
生前記得三冬暖　亡後思量六月寒

裂肺撕肝小尋老　捶胸跺足妻哭郎
假如我死替你死　換來君生代吾生

欲殉難拋黃口子　偷生勉事白頭翁
鯤鵬雲斷聲千里　杜鵑聲哀月一輪

哭望天涯，願到黃泉痛灑大喬淚
恨如春水，誰言世上唯獨小青悲

生立奇功，死留典範，九泉瞑目君無憾
上侍高堂，下撫子女，一家重擔我來挑

君去矣，萬事獨任艱難，能無追念前徽深為吾痛
兒勗哉，爾父既歸泉壤，尚其各自努力克振家聲

無祿才郎，長夜不醒蝴蝶夢，傷心少婦，深宵悲聽子規啼
郎果多情，樓上冀迎蕭史鳳，妻真薄命，塚前願作舍人鴛

4. 輓曾祖父母聯

奉杖無從愛日綿綿成往事　含飴不再悲風瑟瑟妥先靈

百年能凡許有宋有為四代兒孫托燕翼
一笑意長歸無憂無慮隨身杖履赴龍華

太祖母善行孔烈可泣可歌畫荻猶為勞白髮
再孫兒孝思有虧缺甘缺旨陳情那得訴黃泉

5. 輓祖父母聯

想見尊容雲萬里　思聽教訓月三更
公顏自後從何視　善訓而今總英聆

懿德傳諸鄉里口　賢慈報在子孫身
祖母仙游千載去　諸孫淚灑幾時乾

嚴君早逝心猶痛　大父旋之淚更枯

一夜秋風狂摧祖竹　三更涼露淚灑孫蘭

風起雲飛室內猶浮誡子語　月明日黯堂前似聞弄孫聲
慈竹風摧鶴唳一時悲屬行　西山日落鳩杖隻影恨含飴

寂寞乾坤邈笑一公何所在　凄迷風雨哀哉兩字弗堪聞

幼蒙含辛撫養追溯厚恩痛未報
愧無床前侍奉緬懷大德淚難乾

厚誼附飴含，從前雅嗜棗梨，辱賜寵言蒙眷愛
深恩承岳戴，此後儻聞絲竹，緬懷往事益欷歔

6. 輓外祖父母聯

美德堪稱典範　遺訓長昭子孫
帶去暮年殘歲　留來厚德芳名

美德常齊天地永　嘉風久伴山河存

痛外孫早失嚴君風木空餘半子淚
謂家公同移祖父麻衣應弔六月霜

曾隨慈母歸來昔日教言猶在身邊
痛悉外公逝世當年德澤永難忘記

若慈鶴髮龍鍾王母胡為邀天上
想是桑田滄海神仙久住厭人間

萱幃喜長春視外孫女孫慈恩未報
蓮台成正果隨老母哭母痛淚難乾

7. 輓父聯

教誨永記　風範長存　壽終正寢　鶴駕西天

英靈垂天地　美德傳室家　此日騎鯨去　何年化鶴來

屋內兒哭慈父逝　門前弔客履霜來
音容未遠悲愁昔　杖履空存憶老成

慎終不忘先父志　追遠常存孝子心
倚門人去三更月　泣杖兒悲五夜寒

春風有恨垂疏柳　曉露含愁看早梅
思親臘盡情無盡　望父春歸人未歸

不知父處何天洞　且看人間好春光
守孝不知紅日落　思父常望白鶴飛

深恩未報慚為子　隱憾難消忝作人
淒涼雲樹愁千里　惆悵春風恨隔年

痛失嚴椿千古恨　悲興嫩桂百年愁
只見三秋多苦雨　誰知九月別嚴親

多感佳賓來祭奠　深悲嚴父去難留
勤勞度日遵遺訓　努力工作報餘恩

心因父逝心滴血　月窺吾悲月無光
一天雨雪凋椿樹　滿日雲山慘棘人

育養兒女費盡心血　侍奉嚴父未報德恩

音容莫睹傷心難禁千行淚　親恩未報哀痛不覺九回腸

大義是難明無言復誨空流淚
深恩非易報有像徒存只慚心

多年教導音容笑貌永銘心下
一朝訣離言談舉止化作兒行

青山含悲聲聲淚聲聲呼嚴父
碧水長歌字字血字字哭英魂

威望著四域英名永在傳鄉里
業績照千秋光熱常存暖後人

一生辛苦誰知聽諸父道揚愈增悼痛
三載勤勞未報想嚴父美德更加悲傷

親厭塵紛，壽終正寢歸蓬島，兒慈手澤，眼流雙淚滴麻衣
情切一堂，紅淚相看都是血，哀生諸子，斑襴忽變盡成麻

8. 輓母聯

流芳百世　遺愛千秋　南柯夢裡　望雲思親

莫報春暉傷寸草　空餘血淚泣萱花

慈竹當風空有影　晚萱經雨不留香
冰霜高潔傳幽德　圭璧清華表後資

終天唯有思親淚　寸草痛無益母靈
無路庭前重見母　有時夢裡一呼兒

驚春花染杜鵑血　倚門深得子規啼
罔報難酬慈母德　揮毫莫罄此兒情

直骨尤超古鶴上　慈教仍存青雲中
良操美德千秋花　高節良風萬古存

嚴親早逝恩未報　慈母別世恨終天
春近人歡花發早　歲更我哭母長辭

萱花頓萎厚愛失　慈恩未報遺憾多
慈竹當風空有影　晚萱經雨不留香

平生性善慈母淚　今日疾逝悲兒情
慈母一去杳無影　憐兒千聲呼不回

婺屋頓失天光黯　美德猶存家景長
世上痛無救母藥　靈前哭煞斷腸人

莫報春暉傷寸草　空餘血淚泣萱花
失牆碧瓦歸仙駕　象服魚軒想母儀

看月瞻雲慈容在目　期勞戒逸母訓銘懷

陳辭祭酒表赤子孝意　灑淚謳歌悼家慈亡靈

杜宇傷春，泣殘雪淚悲花老
慈烏失母，啼破哀聲夜光寒

禍及賢慈，當年頑梗悔已晚
愧為逆子，終身沉痛恨靡涯

慈母東來，繞膝慕深萱草碧
彩雲西去，獻觴悲斷菊花黃

9. 輓父母聯

杳杳雙親無復見　哀哀兩字不堪聞
深恩未報慚為子　飲泣難消欲斷腸

10. 輓伯（叔）父母聯

一世勤勞儉樸　終身渾厚和平
壽終德望猶在　人去徽音長存

遙望竹林空墜淚　徒思馬誡孰遺書
永別兒孫功業在　長辭盛世遺風存

勤勞本質侄兒永記　革命家風世代相傳

勤勞畢生足堪侄兒表率　忠厚一世實乃鄰里楷模

勤儉持家半生最憐叔母苦　報酬天地六親都為此兒悲
痛失慈萱花落竹林春去早　悲興猶子光寒婆宿夜來沉

11. 輓舅父母聯

笑貌今猶在　嘉風永傳世

流水高山思典範　春風霽月仰儀型

是吾母兄弟行謂不才像舅　期許尤深到此殊慚宅相譽

166

慈竹風摧長有遺徽留懿範　含桃雨潤不堪清酌奠靈幃

有淚灤州門千古白眉增太急
無才成宅相廿年青眼益酸辛

明水不長圓桂子香時舅已逝
高風安可仰菊花開後甥方來

愧小子謀食異鄉莫補外甥躝履禮
歎賢母歸真瑤島忍看舅氏悼亡詩

莫說起黃涪江空沾丐幾番時雨
才哭了謝安石又難留一朵慈雲

12. 輓岳父聯

峰頂大人嗟已矣　膝前半子痛何如
丈人峰豈瞻如昨　半子情灰帳在茲

平生手足兼師友　再世姻緣是弟兄
春草池塘猶入夢　秋風鴻雁不成行

雁陣霜寒悲折翼　鴒原露冷痛孤翔
雁陣殘斜孤月冷　簫聲吹斷白雲愁

丁年病入黃家路　午夜驚頹太嶽峰
峰頂大人嗟已矣　膝前半子痛何如

泰嶽無雲滋玉潤　東床有淚滴冰清
半子無依何所賴　東床有淚幾時乾

弟竟決然棄塵世　兄將何以慰高堂
訓弟作人一生辛苦今猶在　持身涉世十分忠厚古來稀

夢寐徒思我在何方呼弟弟　幽明異路爾偏忍得捨哥哥
貞靜幽嫻姊妹行中推獨冠　淒涼寂寞杜鵑聲裡暗傷神

蘿鶯昔攀依差喜女嬰得所　門楣今落寞更教弱弟如何
原上春深鵑鴿音斷雲千里　林梢夜寂鴻雁聲哀月一輪

泰山傾倒愚婿受寵恩永記　烏雲低垂愛女無依哭斷腸

泰山忽傾半子無依何所賴　父恩未報小女有淚幾時乾
鶴駕西天悼念不聞親教誨　德昭後世悲懷永憶慈音容

德範堪飲，唯冀泰山常蔭婿
鶴齡方祝，孰期冰鑒頓捐塵

兄竟去矣地下遇雙親先為致意
弟將何至堂前扶諸子不負囑言

半子荷深恩，玉鏡臺前承色笑
一朝悲怛化，璿閨堂上失慈暉

自幼視姊如兄休戚相關情同手足
從今捐幃棄世生死永訣痛切心腸

憶岳父育女愛婿惜外孫恩德難忘
教半子接人處世理家業遺訓長銘

雁翼折西風先我而生乃遂先我而死
蜇音悲落日可歎在弟畢竟可歎在兄

13. 輓岳母聯

自入婿鄉蒙厚愛　何堪甥館杳慈雲
淒涼甥館慈雲黯　縹緲仙鄉夜月寒

泰水枯竭愚婿受寵恩永記　烏雲低垂愛女無依哭斷腸

14. 輓同輩親屬聯

楊柳春風懷逸致　梨花寒食動哀思
玉樹栽來欣擢秀　瓊枝萎去動悲懷

15. 輓兄弟聯

不圖花萼終聯集　何忍雁行各自飛
雁陣霜寒悲折翼　鴒原露冷痛孤翔

魂兮歸來，夜月樓臺花萼影
行不得也，楚天風雨鷓鴣聲

訓弟課兒，一生辛苦今猶在
持身涉世，十分忠厚古來稀

原上春深，鵲鴒音斷雲千里
林梢夜寂，鴻雁聲哀月一輪

同氣遽分途，原隰秋風魂不返
異時誰共被，池塘春草夢難通

雲路仰天高，誰使雁行分隻影
風亭悲月冷，忍教荊樹萎連枝

16. 輓妹聯

貞靜幽嫻，姊妹行中唯獨冠
淒涼寂寞，杜鵑聲裡暗傷神

人羨陸家姑，萬事補縫能愛弟
我儀張玄妹，一時榮秀不留春

17. 輓親家聯

幸托絲羅榮分椿蔭　悲歌蒿薤空奠椒漿
兒女親事今世如意　兩家結緣再生相逢

風片雨絲，蕭颯忽摧女貞蔭
鶯啼燕語，淒涼偏雜子規聲

寥落數晨星，鶴駕雲中偏去遠
淒涼憶舊雨，蟀吟床下不成聲

18. 輓朋友聯

樑木風催　德星夜墜

海內存知己　雲間渺嗣音
揮淚憶舊友　追念寄哀思

哭君今天離去　盼友再世重逢
友思今成永別　笑緒已為悲端

千里弔君唯有淚　十年知己不因文
感舊有懷同向麗　招魂何處問巫陽

一朵白花表心意　兩行淚水灑君前
廿載朋友懷舊誼　九重泉路盡交期

事業已歸前輩錄　典型留與後人看
一臥滄江驚歲晚　九重泉路盡交期

從此不見尊君影　往後只看仙鶴飛
猶似昨日共笑語　恍惚今日汝尚存

往日論交欽厚德　今朝追悼寄哀思
相逢至今猶可想　舊遊何處不堪愁

九原有淚流知己　萬戶同聲哭好人
壺中日月三生夢　海上雲山萬里愁

等閒暫別猶驚夢　此後何緣再晤言
同志痛哭老戰友　祖國喪失好棟樑

眉間爽氣無由見　座右清言不再聞
雲深竹徑樽猶在　雪壓芝田夢不回

嶺表玉梅多減色　山陰寒笛不堪聽
誄文作自先生友　遺稿歸於後死朋

公去大名留史世　我來何處別音容
悲哉今日成永別　痛分何時再相逢

一世深交堪難得　九泉有知念舊情
人間未遂青雲志　天上先成白玉樓

山川含淚悲友人難見　風雲變色傷棟樑遽失
契合擬金蘭親情歸雨　飄靈悲玉樹淚灑淒風

生前忠節似松凌霜雪　死後高風如水照青天

親同手足此時杳無蹤影　近伴春秋來日夢中相逢

松柏侶君一生錯節風霜苦　同志愛我畢竟深情肝膽知

171

平生良友無多輔我以仁克存古道
當世熱心有幾天何不弔遽喪斯人

與君俱在少年時把酒論文頻聚首
一別竟成千古恨聯床共話更何人

小別竟千秋可歎滿腹經綸三月有書遙寄我
廿年如一日最憶貼心話語此生何處再逢君

19. 輓教師聯

教育英才功不朽　宣傳馬列死方休

一生獻丹誠南公松柏都蒼翠
九天無遺憾故園桃李已芳菲

品德崇高多能博學昔時為師譽盈鄉里
謙虛謹慎時誨箴言今日永別淚沾胸襟

心理勵志小百科好書推薦

全世界都在用的80個
關鍵思維NT：280

學會寬容
NT：280

用幽默化解沉默
NT：280

學會包容
NT：280

引爆潛能
NT：280

學會逆向思考
NT：280

全世界都在用的智慧
定律 NT：300

人生三思
NT：270

陌生開發心理戰
NT：270

人生三談
NT：270

全世界都在學的逆境
智商NT：280

引爆成功的資本
NT：280

國家圖書館出版品預行編目資料

天下對聯大全集 / 魏寧、路曉紅編. -- 初
版. -- 新北市：華志文化, 2015.01
面；　公分. --（休閒生活館；04）

ISBN 978-986-5636-05-0（平裝）

1.對聯

856.6　　　　　　　　　　103024347

日華志文化事業有限公司 0 0 4

書名／天下對聯大全集
系列／休閒生活館

主編　魏寧、路曉紅
執行編輯　林雅婷
美術編輯　黃美惠
封面設計　陳麗鳳
文字校對　王志強
企劃執行　康敏才
總編輯　黃志中
社長　楊凱翔
出版者　華志文化事業有限公司
電子信箱　huachihbook@yahoo.com.tw
地址　116台北市文山區興隆路四段九十六巷三弄六號四樓
電話　02-22341779
印製排版　辰皓國際出版製作有限公司

總經銷商　旭昇圖書有限公司
地址　235新北市中和區中山路二段三五二號二樓
電話　02-22451480
傳真　02-22451479
郵政劃撥　戶名：旭昇圖書有限公司（帳號：12935041）

出版日期　西元二〇一五年一月初版第一刷
售價　一二九元

華志文化

華志文化